文春文庫

# この国のかたち

## 六

司馬遼太郎



文藝春秋

# この国のかたち　六　目次

初出掲載誌
117〜121　「文藝春秋」一九九五年一二月号〜一九九六年四月号
随想集　「司馬遼太郎全集」月報33号〜49号　一九八三年四月〜八四年八月
役人道について「文藝春秋」一九八二年二月号
単行本　一九九六年十一月　文藝春秋刊

# この国のかたち　六

117

# 歴史のなかの海軍（一）

海軍という概念は、そのころの日本人にとって、尋常なものではなかった。むりやりに近代の曙のなかに立たされた日本人にとって、悪状況のなかから自らを救いだす夢だったし、単に軍事的概念であることを越えていた。そのことを考えなければ、そのころのことがわかりにくい。

そのころとは、嘉永六年（一八五三年）とその翌年の安政元年（一八五四年）の〝ペリー・ショック〟とそのあとの幕末とよばれる騒乱期のことである。

ペリーは、にわかに江戸湾にきた。最初は旗艦以下四隻をひきい、アメリカ合衆国大統領の国書を手交した。翌年、その返事を得べく七隻をひきいて江戸湾頭を圧した。開国をせまったのである。
巨艦群によって新文明を誇示しつつ、ペリーは傲然《ごうぜん》としていた。当然ながら、文明の使者として、善事をなしているつもりだった。

よくいわれるように、M・C・ペリー准将は、十九世紀後半のアメリカ人の〝明白な運命《マニフェスト・デスティニー》〟という信念を共有していた。白人優位の精神でもって北米全体に領土を膨脹させ、文明を普及し、周辺の劣等民族を感化するという自明の働きのことである。

このペリーの態度は、日本人の感情を刺激した。

結局、幕府の腰はくだけ、二度目に来航したペリーとのあいだに、神奈川条約を結んだ。このことは、多くの日本人に、幕府に対する信をうしなわせた。

国内の世論は、これを城下の盟（降伏）であるとした。攘夷論が沸騰した。

多くの攘夷論者たちは、鎖国が神代以来の日本の神聖な国是だとおもっていた。

ついでながら、そのころの日本の読書人層は、『史記』や『春秋左氏伝』などによって中国古代史には通じていたが、日本史については、頼山陽の『日本外史』で知るのみだった。『日本外史』には、鎖国令までは書かれていなかった。いうまでもなく、鎖国は三代将軍家光のときにはじまる。

やがてその事実を知るころ、攘夷論者のあいだで理性が加わるようになる。一つには、艦船や兵器において、旧来の刀槍では勝てないことを知るのである。

それでも、手放しの開国論者はすくなかった。そういう者は——佐久間象山のように——狂信的な攘夷家によって殺された。

土佐の坂本龍馬が、文久二年（一八六二年）に脱藩したころは、単純な攘夷家だった。友人の千葉重太郎とともに幕府の軍艦奉行並勝海舟を訪ねたのは、開国論者としての勝を、場合によっては斬るつもりでいた。

が、その場で豹変した。勝に世界情勢と日本のあるべき方向を説かれ、その説に服したのである。

のち勝が神戸で私立の海軍塾を興したとき、その塾頭になる。

このあたり、勝も放埒《ほうらつ》でなくはなかった。幕臣でありながら江戸を離れて居住し、諸藩の士や浪人を集めて私塾をひらくなど、穏当ではなかった。

勝にすれば、この開塾は一種の思想行動だった。国内に充満している攘夷熱に対し、正面から開国論を唱えることなく、

「海軍」

という風孔《かざあな》をあけることによって、攘夷論の閉塞に一石を投じたともいえる。

実体は、航海学校だった。

この塾で、勝は、「万国公法」の存在や内容についても、多少の講義をしたはずである。

船舶はその国の領土であるという新知識がこの当時世間にひろまったが、卸し元は、神戸の勝だったかもしれない。つまり、船をもつことによって、そのぶんだけ日本が広くなる、という言い方は攘夷論への鎮静剤として有効だったと思える。

以下の挿話は、よく出来すぎている。

龍馬の同藩の郷士で檜垣直枝《ひがきなおえ》という者がいて、土佐勤王党に加盟し、のち藩の獄に下ってはげしい拷問に遭った。明治になり、新政府の警視になったりした。

その檜垣の差料は、短かった。

龍馬が、その身長のわりには短い刀をさしていたので、檜垣はまねをしたのである。

ところが、ある機会に龍馬に出会うと、龍馬はふところからピストルを出してみせた。

檜垣はこのあと手をつくしてピストルを手に入れ、つぎに龍馬に会ったときにそれをみせた。龍馬は笑って、

「オラは、ちかごろ、これさ」

といって、万国公法をみせたという。

いまの国際法のことである。それが冊子としてどういう形をしていたのかわからないが、ともかく龍馬は万国公法につよい願望をもち、この法に拠って護身もでき、国も守れると思っていたふしがある。

むろん、龍馬は、船乗りの実務として、海洋秩序に関する慣習には多少とも通じていた。

かれは、のちに長崎で、浪人による結社としての海援隊をおこす。

慶応三年（一八六七年）四月二十三日夜、海援隊の伊呂波丸が東航中、讃岐

沖で、西航してきた紀州藩汽船明光丸に衝突され、備後《びんご》鞆《とも》沖で沈没した。伊呂波丸側に過失はなかった。同船の当番士官が、明光丸の白色の檣灯《しょうとう》と青色の右舷灯をみとめ、左転して避けようとしたところ、明光丸は無法にも右旋してそのまま伊呂波丸の右舷に突っこんだ。明光丸は八百八十七トンで、伊呂波丸の五倍も大きく、小船の伊呂波丸はひとたまりもなかった。

そのあとの龍馬の行動は、いかにも万国公法的だった。かれは明光丸にとびうつり、航海日誌をおさえ、かつ衝突時に甲板上に一人の士官もいなかった事実を相手に認めさせ、さらに長崎に回航させた。

やがて海事慣習どおりに談判をすすめ、結局八万三千両の賠償を紀州藩に約束させた。

海援隊は、場合によっては〝私設海軍〟にもなるという印象があったが、日常的には海運と貿易の結社だった。この時代、世間のほうも海軍と商船のイメージが未分化だったようにもみえる。

徳川慶喜による大政奉還のあと、龍馬が薩摩の西郷隆盛に、自分は新政府の官吏にはならない、〝世界の海援隊〟でもやりたい、といったということからみても、かれの関心は商船のほうにあったのだろう。

ついでながら、スペイン史や英国史では海軍が孤立して存在したということはなく、商船隊の保護として発達した。

龍馬は勝から海軍を学びつつ、商船のほうに自分の将来像を見ていたとすれば、元来、商船隊があってこその海軍であるという発達史の基本を、かれは一身で感じ取っていたともいえそうである。

118

# 歴史のなかの海軍（二）

昭和四十年前後だったか、『坂の上の雲』を書きはじめたころ、畳の上で水練をするように、海軍の気分を知ろうとした。

いくどかべつの場所でふれてきたが、元海軍大佐正木《まさき》生虎《いくとら》氏が、そのことでの恩師だった。

正木さんは、痩身で気品があり、声が低く、つねに控えめで、しかもユーモリストだった。海軍二世で、父君は日露戦争に参加し、のち海軍中将になった正木義太提督である。

ことさらに愚問ばかりを、手紙で書き送った。

「なぜ海軍士官の制服には、袖に金の条《すじ》がついているのですか」

そういうたぐいの、子どもじみた問いである。

これに対し正木さんは、歴史学者か文化人類学者のように丹念に調べてくださった。

まだ海賊時代の英国海軍では、甲板士官は勤務中細いロープを袖に巻いていた。それがやがて士官をあらわす袖章《そでしよう》になった、というのである。

海軍は、軍医を優遇する。軍医だけでなく、主計、技術といった兵を指揮しない諸専門の人達を士官として大切にした。

「軍医のはじまりについて」

と、私が質問したことについての正木さんの調査は、おもしろかった。

英国海軍が海賊まがいであったころ、地中海のどこかに村じゅうの男どもが外科治療に通じた島があったというのである。お伽《とぎ》話のような話だが、英国の船がその島に着岸し、よさそうな男をいわばさらって船に乗せる。航海中は士官として鄭重《ていちょう》に礼遇し、一航海がおわると、島にもどした、という。

英国では医者への敬称はいうまでもなくドクターだが、外科医にかぎっていまでもミスターとよぶという話を、元駐日大使のサー・ヒュー・コータッツィの『ある英人医師の幕末維新』(中央公論社)で知ったのだが、その淵源《えんげん》の一つはこういうところにもあるのかもしれない。

大航海時代の開幕には、英国は参加しなかった。

イベリア半島のスペインとポルトガルが先鞭をつけ、十五世紀末、ローマ教皇の許可によって、この両国は、地球をリンゴを二つに割るようにして領域をきめるまでになった。

前章で、商船隊という言葉をつかった。世界史の上ではまず最初に商船隊があって、海軍はあとできた。商船隊を守る機能としてである。

このイベリア半島の両国の商船隊は、ポルトガルは南アジアから香料を、スペインはアメリカ大陸とくにメキシコから銀を運び、巨利を得つづけた。

海軍の機能を最初に自他ともに認めさせたのは、ポルトガルだった。

それまでインド洋の貿易は、イスラム商人が占有していた。

あとから割りこんだポルトガルはこれに対し、最初から国家――海軍――の力をもってその商権をうばうべく企図した。

その決戦は、一五〇九年二月、インドの西海岸のカンベイ湾のディウの沖でおこなわれた。

ポルトガルの初代インド総督アルメイダはみずから十九隻の艦隊をひきいていた。

これに対し、エジプトとアラブの連合軍は、百隻をこえていたが、海軍とはいえなかった。

ポルトガル海軍はわずか十九隻ながら、大砲その他の武器をよく使い、敵船団を分断し、よく運動して潰滅的な打撃をあたえた。

イスラム教徒は、元来キリスト教世界にまさる技術文明をもち、造船、天測その他の航海術においても、ヨーロッパの師匠だった。ただ、海軍という専門集団をもたないために敗けた。

余談ながら、一九八二年秋、私はポルトガルのリスボンにある海軍博物館を訪ねた。館長が現役の少将で、副館長が大佐という、現在のポルトガル海軍を象徴しているような博物館だった。あらかじめ手紙をもって、

「甲板は、いつどこのたれが発明したか」

という質問を送っておいた。

日本の江戸時代の大船は——幕府が航洋船を許さなかったからだが——甲板がなかった。千石船も五百石船もいわばお椀に飯を盛るようにして荷を積み、高浪には弱かった。

甲板は、船を樽にするようなものだと思えばいい。

樽に栓があるように、船にも艙口がある。艙口を閉めるだけで船そのものが樽になり、容易に沈まない。私はこの甲板が発明されてから、ポルトガル、スペインによる大航海がはじまったのではないかと思っている。

館内を案内してくれたのは、副館長の大佐だった。一緒に歩きながら、私は手紙の返事を求めた。

「ああ、あの質問のことか。残念だが、答えがみつからない。アラビア人が発明したのではないか」

大佐の返事は、それっきりだった。

スペインが新大陸から輸送される銀によってヨーロッパの覇権をにぎっていたとき、海をへだてて北の英国の人々は実直に毛織物を織っていた。

英国人は、スペイン人に毛織物を売ることによってかれらの銀を得た。ついでながらスペイン史の基本的な失敗は、新大陸から貴金属を掠奪《りやくだつ》してくるのみで、みずからの工業を興さなかったことである。

英国人は、当初、毛織物を海外に売るということから、貿易への関心を持った。

やがてその関心は冒険化した。

英国の海港都市プリマスの商人が、みずから商船隊をひきい、スペインの威権のもとにある新大陸まで出かけるようになったのである。

あるとき、その商船隊が、メキシコ沖でスペイン艦隊に懲罰的な攻撃をうけ、惨敗してわずか二隻が英国に帰った。そのうちの一隻の船長が、のちにスペイン商船隊への海賊として名を馳せるフランシス・ドレーク（一五四一～九六）だった。

ドレークというこの有能な船長に、プリマスの商人たちがあらそって投資をした。ドレークはあるときは、南米のチリーからスペイン本国にむかう商船隊を襲撃し、二万ポンドほどの貴金属を得たりした。かれは戦利品の多くを女王エリザベス一世に献上してナイトに叙せられたりする。

エリザベス女王はやがてこれらの海賊に私拿捕《しだほ》特許状という勅許状をあたえ、さかんにスペインの商船隊を掠奪させた。

当時、ポルトガル国王を兼ねていたスペイン王フェリペ二世はこれに憤慨し、英国の海上勢力をつぶすべく無敵艦隊《インヴィンシブル・アルマダ》を編成した。

当時、英国はまだ海軍らしい海軍をもっていなかった。これに対し、無敵艦隊は計百三十隻、戦艦だけで六十八隻という史上空前の海上戦力だった。

ドーバー海峡での海戦は、一五八八年七月三十日に幕を開けた。

英国側は、小型船をそろえていた。

海戦の場合、戦艦が圧倒的に強いとされてきた。スペイン側は主として衝《しょう》角《かく》を利用し、英国側の小型船を圧しつぶすつもりでいた。

が、英国側の小型船は脚が速く、運動が活発で、その上、射程の長い軽砲をそなえており、それらの利点をうまく利用して最初から戦いは英国に有利だった。

英国側は、ゲームのように戦った。サッカーやラグビーなどの集団競技を生んだ国らしく、どんな小さな艦の艦長も大局をよく見、自艦がなにをなすべきかをよく心得ていた。

スペインの無敵艦隊は惨敗した。

以上、商船隊と海軍の関係を見てきた。

日本の場合である。

ペリー・ショック以後の江戸幕府は、海軍の建設に熱心だった。一隻の貿易用商船ももたない安政二年（一八五五年）、オランダから教師団をまねいて長崎海軍伝習所をひらいたり、また幕末のぎりぎりに横須賀に造船所を興したりした。まず海軍があった、といえる。

明治政府も、よく似ていた。

遠方に植民地をもつことなく、ただ自国を守るためという目的のみで、海軍を育成した。

119

# 歴史のなかの海軍 (三)

幕末、国論が二つにわかれた。

一派は過激派で攘夷をとなえ、攘夷を朱子学的に尊王に結びつけ、略して尊攘などと称した。

これに対し、幕府の開国をやむをえぬものとする穏健派が存在した。長州藩では、藩内のこれら穏健派のことを因循党などとよんだりした。

これらの状況のなかで、〝海軍〟という概念を持ちだすことは、密室の壁に通気孔をあけたようで、一種の思想語であるかのような観があった。さきにふれたように、〝尊攘家〟時代の坂本龍馬が、勝海舟を斬りにゆこうとし、その論に服して門人になったというのも、海舟によって〝海軍〟が持ちだされたために、それに服したのである。

その勝海舟が海軍を学んだのは、幕府によって長崎に設けられた海軍伝習所においてだった。勝の入校は、安政二年（一八五五年）である。

ついでながら、鎖国日本とオランダとの格別な関係が、幕府の開国によって終幕した。周知のように幕府は清国とオランダとにかぎって、長崎において貿易を認めてきた。オランダはこれによって、とくに江戸中期までは莫大な利益を得たことはよく知られている。

オランダは、いわば感謝の意味をこめて、日蘭の特別なかかわりの終幕にあたり、蒸気軍艦一隻を寄贈してくれた。海軍伝習所は、それを練習艦として、長崎西役所で開校された。

オランダ側は、鍛冶《かじ》工や船大工までをふくめた選りぬきの教師団を組織した。

それらの第二次の長のカッテンディーケ中佐は、のちに海軍大臣になる人である。聡明で柔軟な人柄だった。

幕府のオランダに対する態度は、伝統的に横柄だったというほかない。オランダ側も商利のためにこれに耐えた。日本開国後、他の国々の外交団がオランダ人の幕府への卑屈さを知って、ヨーロッパ人の恥だという者さえいた。

その終始ひかえめだったカッテンディーケに、『長崎海軍伝習所の日々』（水田信利訳・東洋文庫）という回想録がある。

当時のオランダ人は、教える立場にありながら、幕府に対し、生徒の質や年齢についての強制もしなかったようである。四十人の生徒――幕臣――のなかには海軍を学ぶには老《ふ》けすぎた者や、物覚えのよくない者もいた。

オランダ側が、生徒に対して訓練服さえ強制しなかったのは、前述のような関係がながくつづいたせいである。

生徒たちは侍姿に大小を差して、マストに登ったり、海軍歩兵の訓練をうけたりした。

「日本の服装は、艦上にせよ、また陸上にせよ、すべての教練に不向きなものである」

と、カッテンディーケはその回想録のなかでこぼしている。

なによりも生徒たちの昼食が、大変だった。

西洋式艦船の構造は、二百人ほどの食事を一個の厨房でつくるという点で、みごとなほどに機能化されている。が、生徒たちはそれを利用しようとはせず、一人一人が甲板上に七輪を持ちだして煮たきした。

軍隊教育というのは、それを教える側が、生徒に対し、生活の根底から軍隊文化を圧倒的に押しつける以外に成立しない。海軍教育の場合、海軍という世界共通の〝文明〟を日本人に伝え習わせるためには、服装から起居の動作まで固有の文化を一時捨てさせねばならないのに、長崎の海軍伝習所ではそれができなかった。

話がすこしそれるが、この教師団の一員だった軍医少佐のポンペが、幕府の依嘱により、ただ一人で西洋医学を組織的に教えたことは有名である。付属病院も建てられた。ただ入院患者の士分の者は、他の身分のものと同室することをきらったりした。

西洋の技術の導入には、海軍であれ医学であれ、明治維新と文明開化が必要だったことは、右の二、三の事例だけでもわかる。

薩摩人の山本権兵衛《ごんのひょうえ》（一八五二〜一九三三）が、明治中期からの海軍建設に大功があったことはよく知られている。

権兵衛は、戊辰戦争（一八六八年）のとき、齢を二つばかりいつわって十八歳であるとして藩兵になり、越後口から奥羽へと転戦して鹿児島に帰還した。ついでながら、山本家には家督を嗣《つ》ぐ長兄がいた。三男の権兵衛は、身を立てる工夫をせねばならなかった。一説では、薩軍が東京に滞《とど》まっていたとき、同郷の戦友日高壮之丞（のち海軍中将）とともに相撲とりになるべく陣幕久五郎という親方を訪ねたというのである。いかにご一新とはいえ、士族で相撲とりになろうという話はめずらしい。

ついでながら陣幕は出雲の出身で、はじめ大坂相撲に入り、次いで江戸に出て秀ノ山部屋に入った。当時の強豪の不知火《しらぬい》や鬼面山を圧倒して第十二代横綱になった。薩摩藩のお抱え力士でもあった。

陣幕親方は両人と話すうちに、

「せっかくだが、ご両所はこの道に適《む》きませんな」

と、ことわったという。二人とも頭の働きが機敏すぎる、そういう者は力士として大成しない、というのである。

権兵衛は、鹿児島に帰った。

かれの生家は、甲突《こうつき》川が彎曲している土堤下にある。

そのやや低湿気味の一郭を加治屋町《かじや》といい、下級武士の団地というべきところで、平地が一戸百坪ぐらいに碁盤の目に区切られ、七、八十戸の武家屋敷がならんでいた。この七、八十戸の郷中《ごうちゅう》から、西郷隆盛、大久保利通、大山巌、東郷平八郎、それに山本権兵衛が出た。いわば、明治維新から日露戦争までを、一町内でやったようなものである。

権兵衛はふたたび東京に出、旧幕府の講学（漢学）の機関である湯島の昌平黌《しょうへいこう》に入った。この間、勝海舟を訪ねた西郷隆盛が権兵衛に対し、

「海軍をやれ。ついては勝先生に相談せよ」

といったらしい。

海舟は何度か権兵衛の訪問をうけるうちに気に入り、ついに食客にした。

前時代の賢者だった海舟が、新時代の権兵衛という少年に〝海軍〟を伝授してゆくさまは、『史記』のなかの鬼谷子《きこくし》という隠者が、蘇秦《そしん》や張儀に縦横術を

教える光景を思わせる。

そのうち、海軍事情が一変する。

東京築地の一郭に、明治三年（一八七〇年）、のちの海軍兵学校の前身である海軍操練所（海軍兵学寮）ができたのである。開校早々は、主として旧幕府海軍出身者が教授した。権兵衛も日高壮之丞とともに藩の貢進生《こうしん》としてその第一期に入校した。

在学中の明治六年、英国式にかわった。

政府は英国から海軍教師団を招き、いっさいを一任したのである。

あたかも築地のそのあたりが小英国になったようだった。

教師団長のアーチボールド・ルシアス・ダグラス少佐は、起居動作まで英国式を強要した。

元来、英国での海軍士官の養成は陸上の建物を持たず、ダートマス軍港に繋がれた軍艦を校舎にしてきたのだが、日本では陸上建物を校舎にしているため、ダグラスは当初は戸惑ったらしい。そこで、日常での起居のしつけは、かれの母校である寄宿学校《パブリック・スクール》のウィンチェスター・パブリック・スクールに範をとることにした。

すべて押しつけだった。食事も、西洋式になった。

権兵衛のような典型的な薩摩兵児《へこ》が、神妙にナイフとフォークを動かして西洋食をたべているさまを想像したい。

ダグラス少佐は、座学よりも術技を重んじた。術技はすべて英語だった。校内では英語が公用語というべきだった。

この押しつけぶりを、旧幕府時代の長崎海軍伝習所とくらべると、じつにおもしろい。

## 120 歴史のなかの海軍（四）

旧幕のころ、幕府をはじめ諸藩が、小規模ながら艦船をもっていた。明治初年、政府はそれらをかきあつめて日本海軍の体裁をとったが、実態はかぼそかった。

一方で、国産による建艦は、着実に進んでいた。このあたり、技術好きの国民性がよくあらわれている。

明治九年（一八七六年）、小さな国産軍艦「清輝」が横須賀で竣工した。木造風帆《ふうはん》蒸気艦で、八百九十八トン、十五センチ砲を一門だけもつという粗末な軍艦だったが、それでも三年後に世界一周航海をやって、新興国らしい心意気をみせた。

明治二十年代に入ると、艦艇がややそろって、二流ながらも、海軍らしくなった。

ただ海軍当局の人材は玉石混淆《こんこう》し、旧幕海軍や旧薩摩藩など諸藩の海軍にいた者のうち、実力もないまま、いわば位階俸禄をむさぼっている者も、すくなからずいた。

ここで、改革者としての山本権兵衛が登場する。

その後、日露戦争までの海軍は、ほとんどかれ一人の頭脳と腕力で建設されたものといっていい。

権兵衛の年譜をみると、大佐になるまでのほとんどの歳月を海上勤務ですごした。明治十年、二十六歳、少尉のとき、ドイツ軍艦ヴィネタおよび同ライプチッヒに乗り組み、世界周航した。いわば徒弟奉公のような留学だった。

この経験が、権兵衛にとって貴重だった。かれはとくとヴィネタ号の艦長フォン・ラモント大佐を尊敬し、艦の運用から軍政、それに一国の政治経済のことまでこのプロシャ貴族から学んだ。

権兵衛は、故郷である薩摩の甲突川のほとりでの少年時代、とくに秀才だったという評判はなかったが、その緻密で卓越した思考力と、すきとおった合理主義、さらにはみずから一判断に達すれば容赦なく実行するという精神は、のちに養われたものといっていい。

容貌は、若いころも老いてからも、豹のような面構《つらがま》えだった。独特のユーモアもあったが、他者にはむしろ峻烈な皮肉にきこえた。

ときに世界は海洋の時代に入っている。このため、地理学的に、朝鮮半島が、玄界灘一つをへだて日本列島の脇腹をおびやかす形状を呈するようになった。その上、朝鮮国そのものの政治形態は上代のままで、力をもたなかった。さらには朝鮮の宗主国である清国は、従来の好もしい礼教的な超然主義から、西欧的な属邦にちかい干渉をこの国に及ぼすようになって、日本の危機感覚を増幅した。

一方、ロシアは、帝国主義的野心に満ち、朝鮮を影響下に置こうとしていた。明治日本の危機意識は、つねにその中心に朝鮮の帰趨《きすう》があった。このことはさまざまな意味で、のちの日韓（朝）関係の不幸をつくる。

そのことはさておき、山本権兵衛が軍政を担当したのは、かれに海軍を一新させたいという政治レベルの判断があったからにちがいない。

権兵衛が海軍大臣官房主事になったのは、四十歳、明治二十四年のことで、このとし、日本の朝野が、清国海軍の圧倒的な示威運動によって狼狽させられたのと無縁ではなかった。

清国の海軍建設の出発は日本より遅れていたが、大国だけに最初から世界第一流の大艦をそろえていた。この明治二十四年七月、その北洋艦隊六隻が、名を親善に藉《か》りて長崎、呉、神戸を経、東京湾にその威容を示威した。とくに旗艦定遠と鎮遠という装甲艦は、ドイツで建造され、七千三百三十五トン、主砲が三〇・五センチ四門で、この二隻だけでも貧弱な日本艦隊が総がかりになっても及ばなかった。

ロシアも、同様の示威運動をした。これより二カ月前、ロシア皇太子が来日したとき、六隻の艦隊をひきいて、その実力を貧弱な海軍国の日本に示した。

一介の大佐だった山本が海軍建設にほとんど独裁的な辣腕をふるうことができたのは、海軍大臣に西郷従道《つぐみち》を戴いていたからだった。いうまでもなく従道は大西郷の実弟で、維新生き残りの元老であり、廟堂での政治力は十分以上にあった。山本の立案は、諸事西郷が実現した。

ただ、明治二十六年、山本がやった一大人員整理だけは、従道も驚いた。無能老朽の将官八人——多くが同郷の薩摩人——に、佐官、尉官をふくめて八十九人のくびを切り、かわって海軍兵学校（兵学寮）の人材を海軍の中心に置いたのである。

日清戦争は、その翌年におこる。

清国の提督丁汝昌《ていじよしよう》は日本側との早期決戦を求めた。日本側ももとより早期決戦を求め、互いに求めあって黄海で実力が遭遇した。日本側十二隻、清国側十四隻で、かれが多くの甲鉄艦をもつのに対し、日本側は一隻しか甲鉄艦がなかった。大砲の大口径においても日本側は劣っていたが、ただ平均速力においてまさっていた。

清国側が横ならびの単横陣をとったのは、海上の一大砲台としての定遠・鎮遠の大口径砲に卓越した力を発揮させるためだった。

これに対し、日本側は、一本の棒のような縦ならびの単縦でもってまっしぐらに北進した。

海戦四時間半、この間、横ならびの清国側は動きがすくなく、一方、単縦陣の日本側は敵とすれちがってはひきかえし、執拗に敵の各艦の周辺にあって打撃をあたえつづけた。その運動と打撃を可能にしたのは日本側の速力の優勢と、小口径の速射砲の活用にあった。

速射砲は敵にたとえ致命傷を与えなくても、多量の小損傷をあたえつづけてその戦で相手の戦力を麻痺させる効があり、この戦法は山本権兵衛の立案ではなかったにしても、かれにおいてまとめられたものだった。

大艦定遠・鎮遠は無力化したまま清国艦隊は大敗し、旅順港に逃げ、さらに威海衛の奥に籠り、降伏した。

その十年後に、日露戦争がおこる。

この間、権兵衛(海軍大臣就任は明治三十一年)のやった海軍建設はみごとだった。

英国その他に注文して軍艦の質は高水準のものをそろえ、また同型艦の場合、同速力を利して連繫運動ができるように配慮した。機関の能力を高めるために燃料は良質の英国炭に統一し、また砲弾の補充の連続性を保つため注文は英国のアームストロングのみにかぎった。

十年前の戦役になかったものとして、無線電信機を重視した。主力艦から駆逐艦にまで搭載し、熟練した将校三十七名、下士官兵百五十名を配置した。日露戦争の海軍の勝利は通信の勝利という説さえある。

一方、ロシアは極東において旅順とウラジオストックに二艦隊をもち、さらに開戦とともに本国艦隊（バルチック艦隊）がこれに加わる。

これに対し、日本は一セットの連合艦隊で戦わざるをえなかった。

さらに山本に課せられた命題は、一隻のこらずかれらを沈めるということだった。でなければ、〝満州〟でロシア軍と対峙している日本陸軍が、その補給路を海上で断たれて干上《ひあ》がってしまうのである。

山本は、人事の名人でもあった。

この当時、山本と戊辰戦争以来の同藩の朋友の日高壮之丞が、常備艦隊の司令官をつとめており、当然、開戦とともに連合艦隊の司令長官になることは自他ともに信じていた。が、山本はこれを無視し、舞鶴鎮守府司令長官として定年を待っていた東郷平八郎をえらんだ。東郷は大佐のときすでに退役リストに入っていたこともあり、一般には冴えない存在としてみられていた。

日高は、勇猛をもって知られる男だった。かれは山本の大臣室に押しかけ、短刀をもって、「おれを殺せ」といった。

山本は、日高と東郷の優劣につき、緻密かつ端的にのべた。日高は山本の論理に服した。

山本は日露戦争の海戦を勝つべく設計し、十分に用意し、結果はそのとおりになった。

が、みずからの功を誇ることなく、戦後、東郷の功のみをほめたたえた。

## 121

# 歴史のなかの海軍（五）

日本海軍は、世界史のなかの海軍がそうであったようなものではなかった。つまり侵略用でもなく、植民地保持用でもなかった。

その原型は、明治三十八年（一九〇五年）五月、欧州から回航されてくる帝政ロシアの大艦隊を、対馬《つしま》沖で待ち伏せ、これに対し百パーセントちかい打撃をあたえるべくつくられた。げんにその目的を全き形で果たした。つまりは防禦用だった。

当時のロシアの膨脹主義はおそるべきものだった。その海軍は、旅順とウラジオストックの二港にそれぞれ艦隊を蔵し、日本海と黄海に威圧をあたえていた。

この両艦隊に加えて、欧州からのバルチック艦隊が加われば、日本国の沿海はロシアの海になり、「満州」における日本陸軍は涸死する。国家そのものがロシアの属領になってしまうのである。

これに対し、日本海軍は、一方においてウラジオストックの港外をおさえ、また旅順を封鎖しつつ、主力をもって対馬沖でバルチック艦隊を要撃した。これを完全試合のごとくに撃滅した。世界海戦史上、このように絵に描いたような完勝例はなかった。

明治の脾弱《ひよわ》な国力で、この一戦のために国力を越えた大海軍を、もたざるをえなかった。問題は、それほどの規模の海軍を、その後も維持したことである。

この主題の連載のなかで、ふつう大海軍は広大な植民地をもつ国が必要としたものだということを、以前のべた。

たとえば十六世紀を最盛期とするスペインの例をあげた。スペインの場合、新大陸からの果実を運ぶために商船隊が大西洋を梭《ひ》のように往復したが、それらを海賊から護衛するために海軍を必要とした。ついには無敵艦隊《インヴィンシブル・アルマダ》とよばれるほどの大海軍に成長した。

一種の天敵であるかのように、これらのスペイン商船をねらったのは、主としてイギリスの海賊だった。かれらは企業化しており、株主をもち、それらから私掠をうけおい、掠奪品を株主たちに分配した。

それらを、イギリスの国家が後押しするまでになって、両国の関係が悪化した。

一五八八年、スペインはイギリスをこらしめるべく、戦艦六十八隻を中心とする百三十隻の無敵艦隊をドーバー海峡に派遣した。ここで、スペインはイギリスに完敗した。

その後、イギリスが海外における植民地獲得に熱中し、やがて大海軍をもつにいたる。

アメリカの場合は、イギリスの植民地であることから出発し、独立を獲得してからは、その独立と、その長大な――大西洋と太平洋にわたる――海岸線をまもるために海軍が建設された。その地理的理由から、その海軍は陸軍よりもはるかに大規模たらざるを得なかった。第二次大戦までのアメリカ陸軍は、ごく規模が小さかった。

要するに日本の場合、海軍の興起と発達の条件が、右のような世界の先例と異っていた。

バルチック艦隊を日本海の西の入口で撃滅するという条件で成立し、いわば一局面で要撃し、撃滅するという形態であった。その条件が消滅すれば、規模が縮小されても当然だったといっていい。

もしここに、架空の話ながら、無私にして全能の政治判断機械が存在するとすれば、日露戦争後、日本海軍は何分ノ一かに縮小されていたろう。が、人間の歴史は、その人間のなまみで存在し、発展する。現実はそのようにはならなかった。

海軍は、近代化を遂げた日本国民にとって栄光の存在だったし、その担い手が海軍省と海軍軍令部を形成している。当然その規模が維持された。

維持こそ大変だった。海軍は機械によって出来ているために、艦艇はたえずモデルチェンジされねばならなかった。それには、莫大なカネを食う。

第一次世界大戦後、英米でさえ建艦競争に耐えかね、海軍軍縮をとなえ、いわば世界の公論として日本に持ちかけた。

日本としては渡りに舟とすべきだったが、海軍のなかでも軍縮派は少数だった。多くの海軍軍人は、いまでいう〝省益〟のために軍縮に反対した。

一九二一年十一月から翌年二月までのワシントン会議によって、主力艦の建造は十年間休止すること、既存艦の一部はこれを廃棄すること、保有の総トン数の上限は、米・英をもって五十二万五千トンとするのに対し、日本はその六割とすることなどがきめられた。

全権大使は、山本権兵衛以来の逸材といわれる海軍大臣加藤友三郎だった。山本が創建し、加藤が縮小した。加藤は本来、日米戦争などは日本海軍にとって不可能であるという理性に立っていた。

ついでながら、どの国の陸海軍でも軍備上仮想敵国を設けていたように、日本海軍もアメリカ海軍を想定していた。あくまでも仮想であって、実際に戦争をするわけではなかった。しかし、海軍部内の俗論は、

「対米比を七割にせよ。でなければとても勝てない」

として、軍縮派を呪った。加藤はともかくもそれらをおさえた。

べつにいえば、大正・昭和に入って、日本海軍は存立を危うくするほどの致命的欠陥をかかえるようになっていた。

第一次大戦後、艦艇は石炭から石油で動くようになっていた。その石油はアメリカなどから買いつづけねばならない以上、対米戦など、万が一でもおこせるものではなかった。

しかしそのことについて、海軍は外部にはあまり洩らさなかった。

とはいえ、この課題は機密でもなんでもなく、常識をもって推測すればわかることであった。ところが、大正末年から昭和にかけての言論人や政治家、陸軍の軍部は、この一事に気づかなかったか、あるいは気づかぬふりをして海軍軍縮派の〝軟弱ぶり〟をののしった。

ともかくも重油によるエンジンの出現とともに、日本海軍は、すくなくとも長期間は戦えない海軍になっていたのである。

軍縮会議は、さらに細部をきめるために、昭和五年（一九三〇年）ロンドンでひらかれた。

英米ともに代表は文官になった。軍人を代表とすれば問題が先鋭化して妥協を見出しにくいというのが、理由だった。

日本もそれにならい、文官の若槻《わかつき》礼次郎が全権大使になり、海相の財部彪《たからべたけし》大将が全権になった。結果は、対米妥協のにおいをのこして妥結した。

いまみれば妥当な結果かと思えるが、海軍軍令部が猛反対した。ときの内閣は、大蔵省出身の土佐人浜口《はまぐち》雄幸《おさち》で、重厚清廉で人気があった。海軍部内の反軍縮派が猛烈な反浜口の攻撃をし、これに乗じ、昭和期の政治的一変態ともいうべき右翼まで暗躍した。海軍と一部政党人が、のちに陸軍が十八番《おはこ》とする〝統帥権干犯〟という、結果として酒精度の強烈な亡国的言辞を浜口内閣に対して吐いたのはこのときである。

浜口内閣は昭和五年（一九三〇年）の総選挙で圧倒的多数を得ていたため、

強気をもって、同十月、右の条約を批准させた。おかげで、大不況期における国家財政は、多少は救われた。

ただし、その翌月、浜口その人は、東京駅で右翼によって狙撃され、ほどなく死ぬ。憲政に力のあった時代は、浜口内閣のあたりで終焉したともいえる。

（未完）

# 随想集

# 旅の効用

一九七六年、オーストラリアの木曜島に行ったとき、この小島に半世紀も居ついてしまっている藤井富三郎という紀州出身の老人に出会った（この島でのことは「木曜島の夜会」という作品に書いた）。

藤井さんは、古錆《さ》びてしまっているように無口である。いかつい下顎《したあご》と骨太な体をもち、表情も古い切株のように重かった。しかしその誠実さのために、島の貴族のような飲んだくれの老看護婦も、一旗組の白濠主義者も、有色《カラード》の港湾労働者も、みな一目置いていた。かといって特異な印象の人ではなく、戦前の日本ならどの村や町内にもざらにいたごく標準的な老人だった。

かれは、重い口で、最近、日本に行ってきた、といった。日本は、別の国のようだった、ともいった。日本で最も驚いたことの一つとして、

「働いている者とそうでない者との服装がおなじだった」

ということをあげた。藤井さんの用語でいう働いている人というのは、体を使っている職業という意味らしかった。たとえば、農民、きこり、木挽《こびき》、大工、左官、旋盤工、魚屋、土工、溶接工……。

そうでない者は、村役場の吏員、医師、小学校の教員、県庁の役人、会社員で、このひとたちは背広を着ており、従って、かれの用語では、働いていない。ところが、日本では村の教員のようにぜんぶ背広を着ていた。これでは誰が誰やらわからないではないか、というのである。誰が誰やらというのは、職業も階層も、という意味らしかった。言いかえれば、自己の存在を服装によって特定する社会から、べつの社会になっていた、ということであり、いわば大衆社会である日本を、藤井さんは異国のようにおもったのである。

「京都の坊さんは変っている。あの連中、平気で法衣姿《ころも》で街を歩いているんだ」

と、私にいった東京の町寺の僧侶がいる。東京じゃたとえば地下鉄のなかで坊主姿の人なんか居ないよ、と、やや首都の風《ふう》を誇るかのようにいった。東京のお寺さんは逮夜《たいや》まいりにゆくときは背広でゆき、檀家で法衣に着かえる。帰りは背広姿にもどって、あらたに形成された大衆社会の中にまぎれこむということであろう。大工さんも溶接工も自衛隊員もそのようにしている。つまりはたれもが職業上のユニフォームを着ずに、背広という大衆社会のユニフォームを着ているのである。この傾向は、首都においてもっともつよい。


「食品関係です」

と、テレビの視聴者参加番組で司会者から職業を問われたとき、八百屋さんがそのように答えているのをみた。またコンクリートのワク組みをしている大工さんが、私は建設関係です、といっているのもきいた。

「大工です」

と、なぜか特定して職業を答えようとしないところに、いまの世のおもしろみがある。だから日本は駄目になったのだ、という意見があるかもしれないが。

藤井さんは、年少のころにこの南半球の小島にきて、黒蝶貝《くろちようがい》や白蝶貝をとる潜水夫をしていた。いまでは、小島ではいちばんの分限者になり、中国人を父とする混血の夫人が経営するモテルやレストランの持主になっており、型どおりの楽隠居である。ただ、このひとは大戦中、日本人収容所で大工のしごとをしたために、素人ながらその腕がある。島でただ一つの病院は、建物や備品の修繕をするのに藤井さんにたのむしかなく、頼まれると報酬とは無関係に出かけてゆく。私は、滞在中、二度、日本式の大工道具をかついで渚《なぎさ》づたいに東へ歩いてゆく作業衣姿の藤井さんをみた。どこからみても歴とした存在感があって「建設関係」者ではなかった。

要するに私どもは、八百屋さんという「食品関係」者から大根を買い、「交通関係」者が運転するタクシーに乗る。ともかくも、そういう「関係者」たちは不特定大衆のなかにまじったとき、個人であることを特定されたがらない。自分が属する社会の本質など、常日頃は気づかない。何かで気づかされたとき、突きとばされたような驚きをおぼえる（そういうことが、私が小説に書く動機の一つかもしれない）。

さらにいえば、自分が属する国が、さまざまな歴史的要因の作動によって世界でもめずらしい大衆社会を現出させてしまったことに、大げさにいえば世界史的な感動もおぼえている。

といって、この大衆社会の正体がわかっているわけでもない。ただ、正体を構成する無数の要素のなかに、未開時代からひきずっている感情もあるらしい、と気づいている。たとえば、仏教や陰陽五行説などに仮託したさまざまな迷信あるいは現世利益《げんぜりやく》宗教の氾濫、また手相、四柱推命、星座占いなどの流行などは、戦前にはなかった。まして文明度の高かった江戸時代にはわずかしかなかった。この大衆社会にあっては、未開返りの要素も濃いのではないか。

私ども日本人の八割までが村の生活をしていたのは、近々半世紀前までのことである。

村の暮らしにあっては、うまくゆけば生涯、個としての判断をせずにすむ。たとえば、茄子《なす》の種子をまく時期についても、自分で調査をし、自分で決断することなく、村のどこかからきこえてくる声に従ってゆけばよい。村にくるまれて生涯を送れば、飢饉が無いかぎり、都市生活にくらべて、ごく安気《あんき》なものであった。

その点、いまは逆に人口の八割以上が都市に住んでいる。都市は、何らかの意味における多様な才能の市と考えてよい。頭脳が買われ、学歴が買われ、運動能力が買われ、平凡な作業に堪えうる持続的な性格が買われる。むろん商才が買われ、歌舞音曲の才や工芸の才も買われ、ときに恐喝の才やおべっかの才まで買われる。

上代以来、村生活にくるまれて暮らしてきた者の子孫としては、父祖が経験したこともない苛烈な売買の市場にさらされている。個がたえず衆目に見られているのである。それも、村のように代替がきく個ではない。日本人の場合、その八割までがこういう苛烈さのなかにいるということは、かつての歴史にはなかった。世界の他の国とくらべあわせてもめずらしいといえるのではないか。繰りかえすようだが、都市にあっては、村とちがい、個が一人ずつ切り放されてほうり出されている。方途はつねに自分がきめねばならず、水田農村のごとく単純な生産内容とはちがい、規準が多様で、必要な規準がつねに存在するとはかぎらない。ときに存在すらしない。その規準をさがすのも個なのである。未開の闇に置きわすれた迷信でもひきだす以外にないではないか。

さらにいうと、未開人は自分の本当の名を相手に知られることは正体が明かされることとして怖れる。まして敵に知られた場合、生命が虚《うつ》ろになる。『古事記』『日本書紀』の時代でも、本当の名は生前には秘し、通称がつかわれた。死後ようやく本名でよばれた。諱《いみな》というのは、忌名のことである。西郷隆盛の場合、吉之助が通称で、本名（諱）は友人にも知られていなかった。明治後、西洋にならって本名が戸籍名にされるようになったとき、西郷の幼少のころからの友人が代って届け出た「隆盛」とはじつはかれの父親の忌名だった。

「大工です」

と、不特定大衆の前で自己の正体を露《あら》わにすることを怖れる現代社会から、木曜島に行ったおかげで、戦前の社会の大工という職業人の雄々しさというものを見ることができた。旅は、そのように、自分自身を見つめ直させる力をもっているらしい。

# うたうこと

人間は、太古から唄ってきたにちがいない。

ある娘さんは、夭折《ようせつ》した秀才の叔父さんを敬愛している。理由をきいてみたが、むろん、愛など、容易に説明できるものではない。娘さんが、三、四歳のころ、頬っぺたにごはん粒をつけてすわっていた。叔父さんが入ってきて「ごはん粒つけてどこゆくの？」と唄いながら、顔をのぞきこんでくれた。その即興の唄にこめられた愛をたまらないほどに感じて、いまなお忘れられないという。

この場合、愛が唄の形式をとらなかったら、幼女の心にひびきにくかったろう。未開時代、言葉をもって、いとおしさやよろこび、あるいは悲しみを表現する場合、修辞や理論を用いることなく、節《ふし》をもってしたろうと思う。カトリックにあっては、神への讃《たた》えは、聖歌で表現された。絵画も援用されたが、視覚は耳やのどほど生理的でないというか、感性のすべてをふるわせるというほどのものではなかった。

西洋にくらべると、東アジアの諸民族は、未開時代にうたい飽きてしまったのか、それとも言語が多様な声楽にむかなかったのか、ごく近世までさほどにはうたわれず、うたっても単調なうたが多かった。

信じがたいほどのことだが、現在中国の漢族にあっては民謡というものがないにひとしい。酒席などでも、伝統的にうたうということはしない。佐渡おけさのように踊りとともにうたううたもなく、ソーラン節のような漁師の労働歌もなく、道普請のときに「たこ」をあげては突くときのうたもなく、田植のうたもない。一時期、中国で会うひとごとに、そのことをきくのだが、ない、とどのひとも言う。

「わが国で民謡といえば、新疆《しんきよう》ウイグル自治区の民謡のことです」

といった人がいる。そういえば、列車に乗ると、たえず車内に流れてくるうたは、解放後につくられた西洋風のものか、民謡といえばウイグル人の民謡ばかりであった。

ウイグル人は、私ども日本人と似たような構造をもつトルコ語を話すが、四世紀前後までにイラン系を征服して混血したために、仮りにかれらをパリの靴屋で働かせて靴の底を打たせてみても、たれもモンゴロイドとはおもわない。器楽もインドをふくめた西方のものであり、声楽は西洋そのものである。私はウルムチの夕方、服を着かえて劇場にかれらの歌唱をききに行ったことがあるが、発声、表情、体をうごかすリズム、すべてが西方のものだった。アーリア人種と混血することによって、歌舞音曲までが血のなかに溶け入ってしまったという感じだった。このため、ウイグルの民謡は、厳密にはアジアの古謡のなかに入れにくい。

中国の古典には、すくなからず音楽のことがでてくる。なかでも、孔子が音楽好きだったことは有名である。孔子は壮年のころ、斉へ行き、宮廷音楽の「韶《しょう》」(古代の舜のころの音楽)というものを聴いた。あまりのすばらしさに、その後、三月、肉を食べても味がわからなかった、という。ただ、この古典楽に声楽が入っていたかどうか、よくわからない。

また「周礼《しゅらい》」において士たるものが学ぶべき六つの教科のなかに楽が入っている。古代、楽は重んじられてはいた。しかしうたがさかんに古楽のなかでうたわれたかどうか。

民衆のうたは、漢楚のころ、四面楚歌という「事件」があったように、当然、さかんにうたわれたはずである。士たる者も、うたった。後漢の末に青年だった諸葛孔明は、ときに家の西方の楽山《らくざん》にのぼって、故郷の山東の古い民謡である「梁父吟《りようほぎん》」をうたったという。「梁父吟」は、日本の浄瑠璃ほどにながくはないにしても、叙情でなく、叙事的な叙唱であったように思われる。

中国にあっては、王朝が宮廷音楽を所有している。雅楽がそうだが、王朝がほろびると音楽もほろびる。おそらく伶人《れいじん》が四散して野《や》にかくれ、遺臣であることが露顕しないように二度と楽器を手にしないためであろう。このため歴朝の壮麗な音楽体系は一つとして遺っているものはない。

「ふしぎなほどです」

と、中国で話してくれたひとがいる。唐朝の雅楽が日本につたわって日本の雅楽として保存されていることは周知のようである。唐朝の雅楽は、中国本来のものというよりも、西方のアーリア系の国である亀茲《きじ》国（現在、新疆ウイグル自治区の庫車《クチヤ》）から導入したといわれる。ただし、雅楽は主として楽器の演奏と舞いで、独唱や合唱が入っているわけではない。

儒教を礼楽というほどだから、本来、音楽の要素がつよい。儒教が国家宗教であるとすれば、雅楽は宗教音楽として分類すべきものである。高尚で典雅であるのは、儒教をもって国教とした王朝が、堅苦しく選別してそのようにしたのである。

儒教の教祖孔子は、春秋時代の国である鄭《てい》と衛の音楽が淫猥で人心を乱し国をほろぼすものとしてするどく排した。歴朝、宮廷音楽を定めるものは、儒者であった。かれらが、古代の鄭声《ていせい》(鄭や衛の音楽)がどういうものであったか知るよしもないながら、「これは鄭声である」といって、人の心をよろこばせる音楽をいちいちつぶし、その王朝の雅楽を定めたのであろう。こういう審判者は、地方にも大小の地方官として存在した。野《や》にのこる音楽がしだいに衰弱したのは、かれらのせいであったかもしれない。

中国内陸部の少数民族の社会や、周辺の諸民族には、当然ながらうたがある。たとえば、モンゴルには、ホーミーという、信じがたい発声法のうたがある。同時に二つの音を出す。歌詞はない。聴き手に決して快感をあたえないが、音の奇妙さを愉しむものなのかどうか。この声帯と口の曲芸ともいうべきうたは、なまなかな訓練ではとても出せず、ウランバートルのモンゴルでもうたい手は数人だという。この源流はわからないが、韓国にもこのうたを伝承しているひとが何人か（あるいは一人だったか）いるという。北アジアの草原のホーミーがなぜ韓国に遺っているのか、なぞといっていい。

韓国の伝統的な文化の特徴は、支配階級の文化と庶民の文化とが、さほどにいりまじらずに中世以来——あるいはそれより古くから——流れつづけてきたことである。この両層のうち、庶民がうたをうけもった。

私は、韓国の古代文化が、出土した帯鉤《たいこう》の模様などで察するに、中国には似ず、むしろ紀元前、カスピ海北岸の草原でひらかれたスキタイ（イラン系？騎馬民族の最初のひとびと）の文化に共通しているように見える。いわゆるシルクロードという絹商いの隊商が通った道よりもずっと北の道が、ユーラシア大陸をむすぶ騎馬民族の道ともいえる往来路だった。その往来路は、当然、中国文明を内側にくぎっている長城のそとにあり、そこに往来する文明は、中国の影響をあまりうけずに済む。その東方のゆきどまりの一つが、中国東北地方（いわゆる満州）の遼寧省であることは、出土する文物によって察せられる。文物には、スキタイの香りがする。その遼寧文化がさらに南下して、朝鮮の古代文化に影響したのではないか。

民謡の文化として息づいているうたの発声にまでそれが影響しているのではないかと思える。はっきりと、西方のうたいかたである。

李朝五百年の歴史は、本場の中国以上にきびしく儒教主義をとった。儒教とはかかわりないが、地域差別もはなはだしかった。全羅道は差別された。

その全羅道に、パンソリというすばらしいものが残っている。日本の浄瑠璃のようなものだが、発声法が西方にちかく、こんにち西洋の声楽に馴れた耳で聴いて、浄瑠璃の古さからくる違和感を感じさせない。李朝の儒者はこれを「鄭声」であるとして弾圧しつづけてきたにもかかわらず、庶民のパンソリへの愛が強すぎたためにのこった。

この稿は、東アジアのなかでの日本のうたについて書くつもりであったが、周辺諸国のことで紙数が尽きてしまった。以下、次章にゆずる。

## 声明《しようみよう》と木遣《きやり》と演歌

日本文化のおもしろみのひとつは、過去からの連続性が濃厚なことである。その上、貯蔵能力も高い。古代や中世の歌謡の歌詞までが豊富に保存されているのは、中国にはない現象で、ヨーロッパでも、宗教的な歌をのぞけば、日本ほどではないはずである。

『古事記』『日本書紀』には、あわせて二百三十五という大量の歌謡が記録されている。ほかに、神楽歌《かぐらうた》や催馬楽《さいばら》といったふるい時代のものがあり、中世になると『宴曲集』がある。流行歌（今様《いまよう》）をあつめた『梁塵秘抄』があり、『閑吟集』があり、狂言のなかの歌謡がある。本来、口誦《こうしよう》されて消えるべき性質のものが、これだけ記録としてのこっているのは尋常なことではない。

たしかに、うたうことのすきな民族だったことはわかる。しかしどういう調曲《ふし》だったかとなるとわからない。とくに奈良朝以前のむかしとなれば、茫々としている。「上代の歌謡は恐らく平家琵琶の白声のように、朗読風に近いものであったのではなかろうか」(『芸能史叢説』)と岩橋小弥太博士はいわれるが、おそらくそうであったろう。

自分自身を楽器のようにしてうたうという思想も技術もなかった。またリズムやメロディよりも、口から出てゆくコトバそのものの呪術性のほうが当時の宗教感情としては大切であった。言霊《ことだま》としての歌詞が、神である自然や、心をもつ相手の女や男に理解されなければ無意味になってしまうため、岩橋博士のいわれるように、ある程度の抑揚をこめて朗誦したものかと思える。調曲よりも歌詞が大切とされたからこそ、語部《かたりべ》の記憶に貯蔵されて行ったものにちがいない。

文化というのは、外来のものからの刺激で広さ、深さ、多様さを形成してゆく。

古代日本人もまた身ぶりをまじえ、足を踏みならし、言葉にふしをつけて自他ともに愉しむということを知っていたにちがいない。しかし、粗笨《そほん》なものであったろう。まだ、天才が出現して型をつくりだすというまでには至らなかったと思われる。

集団で、同じ所作をして踊り、かつうたうというものが型として成立するのは、記録では踏歌《とうか》からである。

踏歌は、河内や大和に住んでいた漢人《あやひと》のあいだでは、早くから伝承されていたかもしれない。漢人とは、記録としては、朝鮮半島から渡来したひとたちである。ただし、かれら自身は百済《くだら》人とも高麗《こうらい》人ともいわなかった。中国人の末裔であると自ら称し、中国の文章を書くという技能によって、古代の官僚機構

のなかで特殊な地位を占めていた。『日本書紀』の持統天皇七年（六九三年）正月のくだりに、

漢人《あやひとら》等、踏歌ヲ奏ス

とある。以後、宮廷のある場合の儀礼のなかに、踏歌を奏することが組み入れられるようになった。踏歌の源流《もと》は、記録としては朝鮮半島ではない。唐の長安の正月十五日上元の夜、高灯のもとで子女が袖をつらねて歌舞した風俗にあるという。歌詞もはやしことばもすべて漢語漢音であった。このため、当時の日本人は、拍子だけでおもしろさを感じた。

おそらく踏歌は声楽といえるほどのものではなかったにちがいないが、型にはなった。型をみながまなぶうちに、天才がその内容に不満をもち、それを動機に、変形をうんだという効用はあったろう。それが嬥歌《かがい》（歌垣《うたがき》）でのうたい

方に変化をあたえ、のちの盆踊りの音頭や拍子に影響をもたらしたろうことは想像できる。

声楽といえるものが入るのは、平安初期、真言宗の創始者空海や天台宗の円仁によるといわれる。かれらが入唐《にっとう》して「声明」というものをもたらしたということになっている。声明はいまでも聴くことができる。僧が法要などで唱えているあのふしぎな発声と高低抑揚の調曲のことである。

ついでながら、記録にあらわれる仏教音楽（むしろ声明が主であった）の日本への導入者は、空海ではなく、かれよりすこし先輩の永忠《ようちよう》という僧であった。永忠は山背《やましろ》の秋篠氏の出で、若くして唐に留学し、在唐三十年というひとであった。

空海が長安の西明寺に寄宿したとき、偶然かどうか、寺の者が空海に、かつて永忠が住んでいた部屋をあてがった。奈良時代、日本が唐に送った仏教音楽の専修者は永忠だけではなかったはずだから、声明の伝来はもっと古いかもしれない。

声明の源流は古代インドにあった。この地で多様な楽器、声楽がさかえたことはよく知られている。古代インドでは、声が神秘的にあるいは音楽的に出されることによって呪力を帯びるという信仰があったらしく、やがてその文化が、神聖なものを讃えることに使われ、発達した。発声を快感の体系にする――芸術化する――ことで自他とも愉悦するというシステムの完成は、一説によると古代インドはヨーロッパより早かったといわれており、グレゴリー聖歌の淵源まで古代インドの声明にもとめるという考えもある。

声明は、仏教東漸《とうぜん》の道をつたって中国に入った。中国で整理され、日本にもたらされた。平安期の仏教界では僧侶のなかでも特殊な技能者として声明師という専門の声楽家が誕生し、いまも日本の仏教各宗にその技術の系譜がつづいている。

平安期の声明師たちは専門の声楽家として存在した。かれらは多くの弟子を養成し、やがてその種子が一般にまで散って根づき、日本文化のなかでうたを育て、さまざまな形になって芸能化された。平家琵琶のうたい方もそうであり、謡曲もその系譜をひいている。さらには江戸期に発達した邦楽のうたい方も、もとはすべて声明にある。

ここまで書いてきて、木遣《きやり》をきいたときの気分のいい音色が、耳の奥によみがえってきた。

『胡蝶の夢』という小説を書こうとしていたときである。その主人公のひとりは、江戸末期の幕府の医官の養子として江戸で青年期を送った。かれも当然、木遣を青春のどの場面かできいている。

ついでながら、土地土地の気分は、存外芸者が伝承していることが多い。私は『峠』を書いたときも、越後長岡の気分は、人が入れかわったようにべつな町になっていることにおどろき、ついに芸者をよんでもらって、さまざまな音《おん》曲《ぎょく》をきき、救われたことがあった。私などの年代ではもう芸者に性的魅力を感ずるなどという感覚はもちあわせていないが、それだけに、彼女らが、ときにその土地の土霊であるかのように、土地のにおいのこもった芸を伝承していることに純粋に――子供っぽく――驚かされてしまう。

右の『胡蝶の夢』の主人公のひとりは、遊里の情緒を解したずいぶんな遊び人であった。このため、『峠』の場合と同様、主人公たちの気持になって、神田の明神下《みょうじんした》へ行ってみた。

明神下はいまはさびれている。しかし芸者の歴史としては、東京でもっとも古く、幕末には、講武所芸者などとよばれて格の高さを誇ったものであった。友人をさそってそこで一夕飲んだが、その後きくと、その小さなやかたも、時代の波というか、立ちゆかなくなって廃業したという。ともかくその夕、その席に、老若ふたりの芸者がきた。

べつに何の注文もせずにいると、若いほうが演歌が自慢で二、三うたった。さすがにうまいものだと感心したが、しかし内心、東京の芸者はそれしかできなくなっているのかと、失望したりした。酒を十分過ごし、そろそろ立とうかとおもったころ、若いほうの妓《こ》が、不意に、木遣をやりましょう、といって、ながながとうたった。じつにみごとなものだった。

きくと、祖父かなにかが鳶《とび》の頭《かしら》だったという。東京の彼女のうまれたあたりでは、鳶の頭が死んだとき、若い者たちが青竹を組んだ担架のようなものに死者を寝かせ、それをかついで、木遣をうたいながら世話になった町内を練りあるくのだという。そのときの木遣です、と彼女はあとでいった。

この齢になるまで、木遣は幾度かきいた。小耳にはさむ程度の関心でしかきかなかったが、彼女の木遣には、発声法といい、節といい、もっとも筋のいい声明が、脈打つようにして生きていた。

明治後、オルガンにあわせてうたう小学唱歌の普及が、声明式の神楽のうたを一挙に、過去のものにした。大正期から流行する流行歌が、日本人のうたの感覚から、声明を消し去った。敗戦後、声明の末裔の枝わかれともいうべきなにわ節もすたれた。

ただ、敗戦後に流行歌の首位を占めはじめた演歌というものが、声明のいのちというほどでなくても粘液のようなものをかすかに伝承しているのではないかと思ったりするが、これは多分に聴きようの問題に属していて、異論があるかもしれない。

# 醬油の話

信州というのは、近世以後、堅実な知識人を出しつづける風土として知られるが、源平時代以前は太古以来の森のようにしずまっていた。木曾谷から木曾義仲が出たときから活況を呈するようになる。かれは一国の武士層をこぞって平家と戦い、頼朝より先んじて京に入った。のち頼朝の政戦略のためにやぶれはするものの、ともかくもその配下の信州人たちは、一度は京で兵馬の権をにぎり、天下意識をもった。このことは、古沼のような風土をかきまぜて酸素を入れる効果があったのか、右の時代につづく鎌倉時代になると、多くの変った人物がこの地から出る。

のちに臨済禅の巨人のひとりになる覚心（一二〇七〜九八）もそのひとりであった。ただ、かれには、鎌倉期の禅僧にありがちな華美なところがない。

鎌倉期の禅僧のあいだで「頂相《ちんぞう》」が流行した。禅は、本来、極端に個人主義である。そのさとりは師一個から弟子一個に以心伝心される。法を嗣いだ弟子は師の肖像画や木像をつくって鑽仰《さんぎょう》した。このため、この時代、肖像の上手な画家や彫刻家が活躍し、多くの傑作がのこされた。

覚心にも木像がある。曲彔《きょくろく》にすわった全身像（京都・妙光寺蔵）で、八十六歳のときのものである。鎌倉彫刻の傑作のひとつだが、出来ほどに知られていないのは、素材である覚心の相貌《かお》が地味で造作が小さく、さらには老いすぎていて、造形以前の迫力に欠けるところがあるせいではないか。木像になってもめだつことをしない人物ともいえる。

かれは、いまの松本市の西南方にある神林《かんばやし》という里にうまれた。俗姓は、常澄《つねずみ》氏という。おそらく農民の子だったろう。『元亨釈書《げんこうしゃくしょ》』(鎌倉末の成立。仏教史書)によると、母が戸隠《とがくし》の観世音に祈ってみごもったという。かれには母親の存在が大きく、十五歳で神宮寺に入って、仏書や経書を読んだという履歴も、母親のすすめによるものにちがいない。源平時代以前なら農村に埋没して当然だった境涯の子が、鎌倉期になると親がすすめて学問をさせるというふうに時代のにおいが変ったのである。

この時代、平安期の仏教である天台・真言もおとろえ、すでに禅・浄土教などという新仏教が登場している。が、かれは奈良の東大寺に行って受戒(正規の僧になること)した。華厳経《けごんきょう》を主とする東大寺などは、最澄《さいちょう》・空海のころでもすでに古びたものとされていたが、覚心は信州の田舎から出てきたために、思想の潮流がよくわからなかったのであろう。そのあと、高野山にのぼり、伝法院と金剛三昧院で密教をまなび、行勇《ぎょうゆう》という高僧から相伝をうけた。華厳から真言にいたるなど、奈良・平安の仏教史を体験的に逆にたどっているようなものであった。しかも密教については、鎌倉の寿福寺の紀綱《きこう》をつかさどったというから、こんにちでいえば大学の助教授ほどであったかと思える。

その後、師の行勇が死ぬと、京にのぼり、禅に転向した。禅も、流行の臨済禅ではなく、宋から曹洞禅《そうとう》をもちかえった道元（一二〇〇～一二五三）に就いた。年は三十半ばになっていた。晩学ながら大いに修行し、道元から、戒脈をさずけられた。

密教と曹洞禅では思想の根底からして異っている。そのいずれものいわば学位を得たというのは、覚心にとって求道《ぐどう》よりも、異る思想体系を学ぶことが楽しみだったのかもしれない。四十をすぎて上州の世良田の長楽寺にゆき、栄朝という学僧のもとで修学した。栄朝が死ぬと、鎌倉の寿福寺にもどって朗誉という学僧についた。もはや仏教の思想的遊歴者というべく、寺々での顔も広くなった。あるとき、寿福寺の大殿ですわっていると、ふところからぞろぞろと小蛇が出た。幻覚が去ると、意外にも心が晴れている。

——従前ノ学解ハコトゴトク究竟《くつきょう》デハナカッタ。

いままで仏教を知的に理解しただけで、解脱《げだつ》でもなんでもなかった、ということにおそまきながら気づくのである。

かれは、入宋《にっそう》を決意した。前後から考えて、紀州由良《ゆら》（高野山領）の地頭で僧としての名を願性《がんしょう》という者が、費用を出したらしい。

四十三歳、由良から出帆し、博多をへて、こんにちの浙江省の寧波《ニンポー》（当時の明州）に上陸した。径山《きんざん》にのぼって癡絶《ちぜつ》という僧に参じ、さらに各地によき師をたずね歩き、ついに四十七歳のとき、無門という師を得て大いに悟り、印可を得た。宗旨は、臨済宗である。

在宋六年で由良にもどり、地頭の願性が建てた西方寺（のち興国寺）に住して、田舎僧になった。

その後、かれの名は高くなり、九十二で死ぬまでのあいだ、亀山上皇や後宇多天皇など権門勢家からしばしば招きがあった。ときに京の巨刹《きょさつ》に住したこともあったが、わずらわしさに堪えず、あるとき脱走して紀州由良にもどり、終生西方寺を離れなかった。

覚心は、味噌がすきであった。とくに径山寺《きんざんじ》で凝絶に参学していたときに食べた味噌の味がわすれられなかった。

紀州の由良は入江である。また由良の北にも入江があって、湯浅《ゆあさ》という。覚心は湯浅に行ったとき、その地の水の良さが気に入り、径山でおぼえたつくりかたで味噌をつくった。炒《い》った大豆と大麦のこうじに食塩を加えて桶に入れ、ナスや白瓜などをきざみこみ、密閉して熟成させる。

こんにち私どもが「きんざんじみそ」とよんでいるなめ味噌の先祖だが、覚心の味噌醸造にはそれ以上に奇功があった。のちにいうところの醤油までできてしまった。

醬油以前の調味料としてはひしおなどがつかわれていたが、径山寺味噌の味噌桶の底にたまった液で物を煮ると、その美味はひしおのおよぶところではないことがわかった。湯浅のひとびとはその溜りをさらに改良し、文暦元年（一二三四年）にはこんにちの醬油の原形ができた。

醬油の古い起源が湯浅にあることはほぼ異論なさそうだが、その後の発達史については多様でここではふれない。

私がおもしろいとおもうのは、覚心の人生である。かれは愚直なほどに各宗の体系を物学びしたが、古い宗旨の中興の祖にもならず、また一宗を興すほどの才華もみせなかった。

しかし以下のことはかれの人生の目的ではなかったが、日本の食生活史に醬油を登場させる契機をつくった。後世の私どもにとって、なまなかな形而上的業績をのこしてくれるより、はるかに感動的な事柄のようにおもわれる。

# 言語についての感想（一）

モンゴルは、二つの国にわかれている。一つは、モンゴル高原という広大な空間を占める人民共和国で、ソ連の影響下にある。いまひとつは内蒙古で、ここは中国の自治州である。

いまはどちらも近代化したために言語事情がかわったが、私が習ったころのモンゴル語は、やさしいことばだった。

「四百語ほどの単語をおぼえておけば、包《ゲル》で暮らせる」

と、諸事たかをくるのが好きな先輩からいわれ、匈奴《きようど》の子孫のことばをならうことに過大な期待をもっていただけに、志が萎《な》える思いがした。食べる、眠る、風が吹く、風邪をひいた、羊、馬、駱駝《らくだ》、牧草の名、犬をつないでくれ……そういう日常生活単語をあつめると、四百か、多くて六百ぐらいにちがいない。たとえそこで土着しても、四百語だけで生涯がすごせる。ついでながら、モンゴル語の構造は日本語とおなじだから、文法を覚える必要はないのである。

そのころ、私のいた学科は、学校がモンゴル語を習得する負荷が軽いとみていたのか、中国語とロシア語の習得を同時に課していた。ロシア語は文法がむずかしくてつらかったが、その点、モンゴル語はざっとした総括でいえばおなじ語族（アルタイ語族）に属しているから、覚える上で快感があった。ヨーロッパのある国の学生が他のヨーロッパ語を習得するときにはこういう快感があるのではないかと思ったりした。

この稿の主題は〝単語四百〟ということについてである。

そういうことでいうと、当時のモンゴル草原だけでなく、たとえば二百年ぐらい前のヨーロッパで、アルプスの斜面で羊を飼っていた人々も、ピレネーの山の中できこりをしていたひとびとも、それだけの単語で生涯をすごせていたにちがいない。

こんにちでも、家族のなかでは、多くの場合、そうである。高度のしごとをしている人でも、休日に家でごろごろしているときは、百種類ほどの単語も使わないのではないか。ときに、文脈すらととのえず、未開語のように意思を伝達する。「水」と名詞だけいえば、コップ一杯の水が運ばれてくる。ひどい場合は「お風呂に入る?」と問われて、ただうなずいたりする。ここまでくると、他の哺乳類とあまりかわらないところまで言語の機能を低下させている。

というより、大脳の中の言語の機能を休養させている。

べつの面からいえば、休養させねばならないほど、言語というのは緊張を必要とするものらしい。言語は、いうまでもなく人間が生物としてよほど進化して——大脳が発達して——から獲得したものである。だから休息中はなるべく言語を節約しているともいえる。呼吸機能とはちがうのである。もっとも呼吸をするように喋りつづけている、という人もいるが、その場合、わざわざ言語表現を必要とするほどの主題もなく喋っていることが多く、精神的緊張をほぐすためか、逆に快感を感じているためか、いずれにしてもこの主題の例にはならない。

私の若いころ、もし「満州」にゆくことがあればそのひとびとに会いたいとおもった民族に、ホジェン族があった。総数わずか六百人といわれている稀少な民族で、かつて漢民族から、

「魚の皮を着た韃靼《だったん》人（魚皮韃子《ユイピーターツ》）」

などといわれていた。かれらは、すくなくとも今世紀のある時期まで鮭の皮のズボンをはき、黒竜江や松花江のほとりにすんで、鮭や魚をとってくらし、その社会も小さく、家族単位程度しかひろげず、従ってその言語も日常語だけですませ、生涯、単語の数も千ほどにすることなくすごしていたはずである。

ホジェン語も、私どもも日本語とおなじ文法のツングース語の一派で、おそらく抽象語はなかったにちがいない。私どもが家族内では抽象語はほとんどつかわないように、ホジェン人の生涯もそのようであったはずである。

物の本によると、こんにちのホジェン族は、『老子』にいう小国寡民《しょうこくかみん》という空想的とまでいえる社会からぬけ出して、中華人民共和国という近代的な広域社会の構成員に組み入れられたために〝小国寡民〟式ののんきなホジェン語を忘れざるをえなくなった。中国側は少数民族対策としてその言語文化の保存をたてまえとしているが、広域社会の構成員（つまり国家に対して権利義務をもつ人民）になったために、ホジェン語では政治、法律、思想などを表現することができず、従って中国語を身につけざるをえないのである。でなければ、生産大隊という広域の政治経済社会の単位のなかで自分自身を社会に機能させることができない。黒竜江の対岸のソ連領にいるホジェン族も、とっくのむかしにその言語はロシア語だけになり、ホジェン語は消えたといわれている。近代というもののおそろしさというのは、言語を改変したり、ときに失わせてしまうものである。

私ども人間は、言語体系によって世界を把握している。その言語量は、私の五代前ぐらいの江戸時代の山村の農民からすれば、気の遠くなるほどに膨大なものである。江戸時代の山民は、そのつもりでいようとすれば、かつてのホジェン族ぐらいの単語の数でらくらくと生涯暮らせた。まことに気楽なものであった。ホジェン族の変化をひとごととしておどろいていられないのである。江戸期がおわったということは、大変なことであり、その後の一世紀余の日本人は、ホジェン族的変化以上の激変のあげくこんにちまできた。

もっとも、ここで考えておかねばならないのは、江戸期の農民がホジェン族的な言語生活であったかどうかということである。

自給自足的な江戸時代の山村（ホジェン族も自給自足だった）から低地に降り

てきて都市近郊の農村に住むと、そこには商品経済が、地域によってはうっすらと、べつな地域では濃厚に浸《ひた》していた。ある地域では、農民といっても商品生産者としての異質な半面をもっていて、半ば商人化していた。

商業は、人間の社会をいやおうなしにひろげてしまう。

それに、商業は、人間に初歩的な抽象というものを教える。

たとえば、紀州南部（熊野）の山村を舞台に考えたい。ここは耕地がすくなく、ひとびとは山村に依存してくらしてきたが、しかし孤立した自給自足社会ではなく早くから商品経済に入りこんできて、いわゆる〝人智が発達〟していた。熊野では、江戸期の他地域にもまして道具類などを工夫し、改良する能力に富むようになった。山村のひとびとをこのようにつくりあげた要素のひとつは、木炭である。

自給自足経済なら、木炭でありさえすればいい。ところが商品経済になると、熊野で要求される木炭は備長炭《びんちょうずみ》である。

——当店はびんちょう炭を使っています。

という店頭のはりがみを、いまでも東京の蒲焼屋さんなどで見かける。江戸期の江戸でもそうであった。

備長炭は熊野に多いウバメガシという樫《かし》の一種を乾留してつくる。白炭《しろずみ》ともいい、打ちあわせると金属音に近い音が出る。ふつうの木炭（黒炭とよばれる）のように一時的に高い火力が出て持続しないのとはちがい、温度は低いながら持続する。このため蒲焼だけでなく、江戸の高級料亭や大名屋敷ではこれをつかった。

木炭《すみ》でさえあればいいというのは、粗放な経済社会である。備長炭ともなると、「物」から品質を抽出して考えねばならない。また、寸法をそろえねばならないから「物」を計量的に考えるようになる。すべてが、いわば知的になってくる。その上、紀州藩が、財政的にこの備長炭の上に乗りかぶさってきたから、生産者も仲買人も税ということを通じて政治を考えるようになる。

備長炭は、主として熊野の新宮湊から紀州廻船の手で江戸へ送られた。山中で炭を焼く人々の意識の中の地図にはつねに江戸があり、江戸での品質の評判があり、相場の上下があった。

右のようにみると、製造にともなう技術用語、流通にともなう経済用語が、豊富に山中でつかわれた。炭焼きの人が家族内でいるときは単語四百で済むが、一個の木炭乾留技術者として山中にあるときは語彙の数もふえざるをえない。備長炭の仲買人にいたっては、たとえ口語でも文脈をととのえて文章的表現をせねば、取引上の齟齬《そご》をまねくために、論理を通し修辞を加えるといったふうで、言語生活上の緊張はきわめて高いものになった。さらに新宮あたりの炭問屋となると、口頭言語よりも、商業行為の肝腎の節目《ふしめ》節目は文章表現しなければならない。江戸期は、知識人からみればたかが炭とみられがちな世界でさえ、文章表現の練磨や習熟という高次の言語現象がみられる。

# 言語についての感想（二）

あるとき、大阪から京都まで人と同乗した。四十半ばの篤実な中国仏教史の学者で、車中、どのぐらいの原典を読むのですか、となかば同情しつつ、きいてみた。

「いえ、中国史は原典の量でいえば楽です。その点、日本史の人達は大変です。文章資料がくらべものにならないほど膨大ですから」

と、そのひとがいった。

中国の場合、文章は、統治の道具であり、官僚は自分の行政管轄のことについて営々と作文し、上奏、上申した。野にある読書人も、さまざまな事物について文章を書いた。残っていれば膨大なはずだが、治乱興亡がはげしかったせいか、ほとんど散逸した。おかげで読むべき文章資料が多くない、という。

この稿は、文章日本語の歴史をふりかえっている。

上代の単純な社会での言語の機能は、生活の用を果たすだけでよく、それ以上に複雑な修辞や論理を必要としない。私どもの先祖である平安時代の農民は、

「めしは?」

と問われれば、

「食べた」

と答えるだけで済んだ。こういう暮らしのなかから、農民による文章語がうまれることはなかった。

しかし京都には、貴族という遊閑階級がいた。そのなかから『源氏物語』をはじめとする王朝文学がうまれたのは、世界史的な場においても、奇蹟であったといえる。

十二世紀後半に成立した鎌倉幕府は、農民の政権であった。かれらをもって「武士」などとよぶのは定義のあいまいな呼称で、公家からみれば律令農民であり、かれらが私的に結束し、ほしいままに武装し、律令の土地制度の矛盾のはざまに成長して土地制度を働く側から恣意《しい》的に合理化した非合法政権といっていい。しかしながら、こんにちまで脈絡のつづく日本社会史は、このときからはじまったといえる。

この鎌倉幕府の官修の記録が『吾妻鏡《あずまかがみ》』（東鑑）で、文章は残念ながら和文ではなく、和臭のある漢文である。官の記録は漢文という京の伝統が、鎌倉にひきつがれた。

しかし鎌倉の世は庶民（公家以外のすべて）がせりあがった世であるだけに、庶民の耳目のための文章語が編み出された。たとえば、『平家物語』の成立である。ただし、徹頭徹尾文章意識の上に立っている漢文とはちがい、『平家』という長大な叙述は、あくまでも琵琶法師が琵琶の伴奏を入れて語るということとが文章発想上の意識であり、目的であった。それにしても、日本語においてこれほどながながと独り語りできる表現法が完成されたのは『平家』の功績といっていい。

この時代、語らずに読むだけを目的とした文章も成立した。史論『愚管抄』である。筆者は慈円（一一五五〜一二二五）で、関白九條兼実を兄にもち、三十代で天台座主になり、歌人としても知られた。日本史を上代から説き、立場上かつての公家政治もみとめつつ、それを倒した武家政治についても「末代の道理」としてあわせてみとめており、言おうとするところは、慈円という知識人がもつ茫《ぼう》とした観念（上等にいえばかれの政治意識を反映させた歴史哲学）というべきものであった。

『愚管抄』は、そのなかで筆者も「仮ニ書《かき》ツクル」といっているように、漢語まじりの日本語で書かれ、しかも漢文訓《よ》みくだし式の日本語ではなく、といって『平家』のように聴き手の情感に訴える語り調でもない。叙事要素が濃厚ながら一個の観念をくりかえし述べ、読者の知的な部分の反応を期待しているという点で、十三世紀の文章日本語の一祖型といっていい。

それだけに『愚管抄』の日本語は難解である。その理由は、いつに未熟にある。慈円の文章力が未熟なのではなく、その時代の社会が共有している文章日本語というものがないにひとしいため、大げさにいうと慈円みずからが文章としての言語を創始せねばならなかったのである。

慈円は、

「なぜ真名《まな》（漢字）で書かず、仮名（日本文）で書くか」

という命題で書いているくだりがあるが、後世の私どもには何をいっているのかわかりにくい。私など『日本古典文学大系』の注釈のたすけを借りても意味がはっきりしない。

十三世紀最大の教養人で、かつ文学的才能に富んだ慈円も、日本語文章を手作りすることによほど苦しんだらしい。誤読かもしれないが、私が理解したひとくだりに、つぎのような一種の文章論がある。大意は、仮名で書くのはひろく世間の人々に本当の物事を知ってほしいためだ、ということらしい。

仮名で（日本語の文章で）このように書こうと思いたったのは、物事を知っている人がいないからである。……ところで仮名だけで書くと、日本語の本来的性格（本文では、倭詞《やまとことば》ノ本体）上、漢文的表現から遠くなる。そこが世間の人は、仮名で書いてもなお読みにくい、とし、またつまらない、とする。（以下、彼は例をあげる。本文のまま）ハタト・ムズト・シャクト・ドウト・ナドトイフコトバドモ也。是《これ》コソ此ヤマトコトバノ本体ニテハアレ。

はたと気づくとか、むずと組む、どうと倒れるというのは、いずれも擬態・擬声語で、これを多用する言語は、論理・修辞のうえで未発達の段階にあるといわねばならないが、それを「ヤマトコトバノ本体ニテハアレ」というのは慈円の言いすぎのように思える。漢文の副詞・形容詞に擬態・擬声語がふんだんにあることを慈円はわすれているようだし、平安期の物語を見ても、漢文とくらべて日本語の本来的性格だとは感じにくい。しかし当時の日本人は、日常会話のなかで、こんにちの劇画によくつかわれるようなオノマトペをよくつかっていて、慈円も日ごろ、「まことにわが国のことばは卑しい。唐土にはこういう物言いはあるまい」とおもっていたのであろう。ともかくも『愚管抄』は四苦八苦の手作り文章語であることにはまちがいない。

慈円が死ぬころ幼児だった道元も、十三世紀の日本で、文章日本語を手作りした人である。その大著『正法眼蔵《しょうぼうげんぞう》』は、当時の日本語で形而上的分野を表現しきった最初の巨大な文章遺産といっていいが、言いまわしで強引に手作りでやってのけたところがあり、後世の私どもにしばしば意味が通じにくい。このために他に影響をあたえるところがすくなく、文章としては孤立しているといっていい。

ややくだって、室町期は、日本的散文の共有性がはじめて確立する時代である。

そのための一種の文章学校の時代でもあった。

『源氏物語』の釈講をきくことが、中央の貴族や、地方の守護・地頭にとって必須の教養的行為とされた。連歌師宗祇の生活の資のひとつは、『源氏物語』の講義にあった。一方、琵琶法師によって『平家』が語られつづけた。さらには謡曲も口誦による散文として考えてよく、次いで口誦の台本である『太平記』がひろまって、その文体に真似さえすれば一応事物を表現することができるようになった。とくに『太平記』が、江戸初期までにさかんに書かれる大名の興亡記につよい影響をあたえる。

江戸期は、あらゆる階層が文章を書いたといっていい。ただ、江戸期の文章日本語は叙事・叙景に長じているが、観念的な分野まで覆いきる日本語の文章を作った人は多くない。江戸後期では本居宣長と上田秋成のほか数人があげられるし、末期には何人かみごとな例があるが、問題は明治維新でのすごさである。それらの共有財産がいっさい使用不能の過去のものになってしまった。

# 言語についての感想（三）

学校の教課内容に「国語」が存在する。なぜ存在するのかなど考える必要がないほどに自明のことになっているが、かつてはそうではなかった。

明治以前、どの藩校、有名私塾、あるいは民間の寺子屋にも、国語教育というものは存在しなかった。藩校や有名私塾で教えられるものは漢学で、寺子屋にあっては読み書き・そろばんのみであり、その読み書きについても、市民生活に必要な書簡や帳付けのための基礎教育をほどこす程度のものだった。

国語教育がはじまるのは、明治になってからである。それも、すぐではなかった。

明治維新の目的を洗ってみれば、植民地化されることから脱するための富国強兵ということであり（この目標においては、その後に展開される自由民権運動も同心円のなかにあった）、そのために徹底的な文化大革命がおこなわれた。教育の面でも同様であった。

新政府は、旧幕府所有の洋学機関を接収し、これを開成学校・医学校と改称し、やがて法学・理工科系を大学南校、医学系を大学東校とし、明治十年の東京大学の成立にまでいたる。この間、国語学・国文学を研究教授する機関は、国公立学校には存在しなかった。理由は、それらは固陋《ころう》だということに尽きていたらしい。

薩摩人森有礼《ありのり》（一八四七〜八九）は、慶応元年（一八六五年）藩命によって十八歳でロンドンに留学したため、日本的教養もすくなく、幕末における志士活動の経験もなく、革命の果実だけを食う幸運を得、いわば藩費でできあがった質のいい坊やという一面をもっていた。かれは明治三年(一八七〇年)から九年間、小弁務使として駐米したとき、おそらく欧化しがたい日本に絶望したのであろう。日本はだめだという理由を日本語にもとめた。

この時期、医学や理化学用語の一部以外は日本語訳(漢訳)されておらず、西洋の諸概念さえとらえる能力を日本語はもっていなかったから、森の絶望もむりからぬことであった。

森は、ついに、日本は日本語を捨て、英語を国語とすべきだと思いつめるまでになった。

かれはこの〝案〟について、一八七二年(明治五年)エール大学教授W・D・ホイットニーに手紙を書き送り、意見をもとめ、反対された。森以外にこういう考えをもった高官はいなかったようで、それだけにむきになり、とくにアメリカ人の意見をきいてまわったらしい。

右のような森有礼説は極端ながら、要するに日本語は、明治初年、それほどひどいあつかいをうけた。

民族というのは、煮つめてしまえば、共有するのは言語しかない。森は、晩年の言動でもわかるように、極端な国家主義者であった。国家は、いわば民族というみにとってのふたなのだが、そのふただけが富国強兵であればよく、みである民族文化など衰弱してもどうでもいいというふしぎな純粋思考を森有礼はもっていた。幕末から明治にかけて欧米を見てしまったひとの病的な切迫感からかれを見てやらねばならない。が、この稿は森有礼論ではない。

各府県に中学校が拙速ながら整備されはじめるのは、明治十年ごろからである。当時の中学校は、多分にそれ以前、主要都市に存在した洋学校の色彩をもっており、国語という科目はなかった。

正岡子規（一八六七〜一九〇二）が愛媛県立松山中学校に入学するのは明治十三年で、四年生まで在学して、退学する。

子規が松山中学校にいるとき、おそらく全国的にそうであったろうが、国語科というものがはじめて設けられた。学校当局も何を教えていいかわからず、近所の神主をよんできて祝詞《のりと》を教えさせたという（このことについては子規の文章があるのだが、いまどうにも見当らない）。

ただ漢文科はあった。松山中学校の場合、子規の当時の漢文の先生は村井俊明という人で、子規入学と同じ年に奉職した。その村井俊明自身の文章が、子規と松山で同学だった柳原極堂の『友人子規』にのせられている。それを孫引きする。

……当時の日本は何に因らず旧風打破を専らとせり。此の如き塩梅《あんばい》故学科目中に修身、国語などといふもの無し。国語科を置れたる明治十四五年の頃なりしかと記憶す。始めて国語科を置くべき法令の出たる時、受持ちの教師無く神官にても雇はんかなどと評議の末、俊明多少素養のありしを幸に其衝《そのしよう》に当ることゝなれり。併《しか》し生徒の嫌がる事非常なりき。

これによると、最初の国語教師は神官ではなく、村井俊明が国語科を兼ねたことになる。授業内容が祝詞なので、子規は、村井は神官だと思いちがいしていたのだろうか。

政府が、国語科を設置した動機や事情は、いまとなればわかりにくい。当然、このことについての御雇外国人の公式非公式の意見も、参考にされたろう。欧米における初等・中等教育の中心はその国の言語を教えることだということぐらいは、かれらは日本の役人に言っていたにちがいない。

「それは、英国や仏国のように進んだ国になればこそ、進んだ国語を教えるべきでしょう。日本語はだめです。固陋ですから」

など と、返答する役人もいたのではないか。

そういう御雇外国人の意見とはべつに、明治十年ごろから、欧化主義のゆりかえしとして復古気分があらわれはじめていて、それも動機の一つになったにちがいない。

たとえば、明治十年、東京大学文学部の講義内容のなかに「和文学・漢文学」が設けられた。これにつき、『東京帝国大学五十年史』（上下・昭和七年刊）に、綜理（総長）加藤弘之の文部省への上申書がのせられている。


今文学部中特ニ和漢文ノ一科ヲ加フル所以《ゆえん》ハ（中略）自ラ日本学士ト称スル者ノ唯《ひと》リ英文ニノミ通ジテ国文ニ茫乎タルアラバ真ニ文運ノ精英ヲ収ム可カラサレハナリ但シ和漢文ノミニテハ固陋ニ失スルヲ免カレサルノ憂アレハ幷《ならび》ニ英文哲学西洋歴史ヲ兼修セシメ……

加藤弘之といえば幕末以来の代表的洋学者なのだが、この文章にあるように、学問や教育の一科としての日本語については、日本語がなにかのバイキンであるかのような思想しかもちあわせていなかった。

私は、述べてまだ途上にいる。論旨のつづまるところ〝共通文章日本語の成立〟にまで至りたいのだが、明治初年における官教育の場での日本語のあつかわれ方のひどさに、あらためておどろいている。同時に、この面からみても、明治維新はめずらしいほど激しい革命であったことがわかる。

この稿は、そのことを詠歎するためのものではない。明治維新は、文章日本語においても瓦解であったことにふれたいために道草を食っている。

# 言語についての感想（四）

もともとこの論旨は、すでに一九八二年六月五日、ＮＨＫホールで話したことなのである。題は、「社会的に見た文章日本語の成立」という長ったらしいものだった。

テーマを、ざっというと、

「文章というものは社会が成立して（日本でいうと明治維新があたらしい社会を成立させて）百年もたつと、たれが書いても似かよったものになる」

というものである。さらにいえば、

「文章（スタイルといってもいい）というものは、社会的には共通性への指向をもっている。四捨五入した言い方でいえば、一つの社会が成熟するとともに、文章は社会に共有されるようになって、たがいに似かよう」

というようなことである。

むろん、そのことのよしあしを言っているのではない。

右のお喋りは、そのままNHKの教養番組にも放映された。それをこの全集続刊の編集を担当している和田宏氏がきいていて、月報にあらためて書けばどうか、とすすめたので、つい魔がさした。

しかし、書いていて、どうも勝手がちがう。「話し言葉」として喋った場合におもしろくても、「書き言葉」になると実証を多少は綿密にせねばならず、お喋りではゆるされる論理の飛躍も、書き言葉になると、ゆるされず、毎回、書きながら、こんなものを読まされる読者はたまったものではあるまいと思うようになった。

「耳はばかですから」

と、むかし、酒を飲む席で、秋田実氏がいわれた。この人は、いまは亡い。昭和初年に東京大学を出ると、大阪にもどってきて、旧弊なマンザイを一新した人である。万歳を漫才という文字に変えたのもこの人だったと思うが、漫才はむしろ論理やつじつまが飛躍しなければならない、飛躍のあざやかさこそ漫才の本領なんです、と秋田さんはいわれた。ラジオの漫才を聴いている人は、たとえば毛糸編みの編み目をかぞえながらでも、聴くことができる。耳というのは言葉についてそれほど許容量の大きいものです、といわれた。

「目は、そうはいかない。じつにうるさい」

この人は、日本で最初に漫才の台本を書いた人であり、かつべつに著作がある。耳と目の両方の言語世界を往復されていた人だった。

そのころ、私は幕末から明治にかけての噺家《はなしか》で、不世出の名人といわれた三遊亭円朝（一八三九〜一九〇〇）のことが知りたくて、古本で『円朝全集』（昭和二年・春陽堂）十三巻を買い、なんとか読もうとしていた。しかし読みづらかった。この描写の名人が、精根を傾けた描写のくだりがふんだんにあるのだが、それが活字になってしまうと死物になっていて、イメージをどうにも結びにくい。また作品の中には日本的な陰湿さをもった悪漢文学《ピカレスク》が多いのに、そのモラルのひだまでが、読むという感覚では、とらえにくかった。

円朝をいまなお神様のようにあつかっている人も多い。むろんそういう評価に値いする天才である。かれは口演者として卓越していただけでなく、明治期における有数の物語創作者でもあった。『累《かさね》ケ淵《ふち》』を創作したのは安政年間だった。明治後の言語社会にも活躍した。明治初年には、例の皿屋敷のお菊（『菊模様皿山《さらやま》奇談』）の速記を本にした。また塩原多助を創りだし、さらには中国の小説から翻案したものながら『怪談牡丹燈籠《ぼたんどうろう》』を口演し、かつ出版した。

しかし、目で文章をたどってゆくかぎりでは、円朝が展開する演劇的世界に感情移入してゆきにくい。

（やはり、円朝は聴くべきものだったのだ）

と、私は秋田さんの話によって、平凡な発見ながら、驚きとともに思った。円朝ほどのすぐれた言語的展開でもそのまま文章にひきうつされると、こうまで生彩をうしなうものかと、むしろそのことに関心をもった。

明治維新で、旧社会が崩壊したとき、江戸期に共有されていた文章もまた過去のものとなったということはすでにふれた。明治のある時期から、小説を書くひとびとが、あらためて文章をそれぞれの手作りで創りださざるをえなくなったとき、他に参考にすべき見本がなかった。あるとすれば、円朝およびその系譜の人情噺だけだったために作家たちは、寄席に通ったり、速記本を読んだりして、自分の口語文章を手づくりするための参考もしくは触媒にしようとした。もし円朝やその流派の影響の痕跡をみつける作業を綿密にすれば、たとえば泉鏡花の初期の作品の中になにごとかを感じとることができるはずである。

鏡花といえば、この人の文章も、私には読みにくい。

ひとつには、私が遅くうまれすぎたせいでもある。すでに文章というものを目によってしか読まない時代に成人したが、それでも私の少年のころには、新聞小説などを、大声をあげてよんでいる老人を多く見た。このことは、文章語と口語とを考える上で、重要な記憶だと思っている。

むかしは、文章を、声に出して読んだのだということに気づいたのは、兵隊にとられる前、岩波文庫の『歎異抄《たんにしよう》』を読んだときだった。最初、目で読んだとき、なにか、つまらない内容だと感じた。試みに声に出して読んでみたところ、文字が息づきはじめ、行間のひびきまでつたわってくるような気がして、まったく別の文章の律動のなかに入りこんでしまった経験がある。『歎異抄（鈔）』は親鸞の口頭による言語を唯円《ゆいえん》が文章にした。唯円は（おそらく当時の習慣によって）声を出しつつ文章を書いたのであろう。それをもう一度、肉声に再現して読むとき、はじめて唯円の文章が、湿度と音律をよみがえらせるのだとおもったりした。

同様の実感を、中里介山《かいざん》の『大菩薩峠』や吉川英治の『鳴門秘帖』においても持つことができる。『大菩薩峠』の新聞連載は大正二年から開始され、『鳴門秘帖』は大正十五年からである。どちらも広範な読者をもったことで知られるが、私など後生が目で読むと、円朝や鏡花と同様、最初から入ることをこばまれるような感じで、西鶴の時代の小説を読むほどの覚悟が要る。文体は蒼古としていて、それ以前の夏目漱石のほうがはるかに近代的なのである。つまりは、漱石は目で読みうる。

おそらく、右の二つの作品は、音読を常習とする――平素、読書には縁のうすい――ひとびとを意識して書かれたもので、作者自身も、声を出して文章を書くという、中世以来の方法をとっていたのではあるまいか。

ついでながら、見本をあげてみる。読者は、最初、漱石の作品を読むように目で読まれよ。ついで試みに声を出されてみるがいい。

「弥陀の誓願不思議にたすけられまいらせて、往生をばとぐるなりと信じて、念仏まうさんとおもひたつこゝろのおこるとき、すなはち、摂取不捨の利益にあづけしめたまふなり。弥陀の本願には、老少善悪の人をゑらばれず、ただ信心を要とす、としるべし。そのゆへは、罪悪深重・煩悩熾盛《しじやう》の衆生をたすけんがための願にてまします。しかれば、本願を信ぜんには、他の善も要にあらず、念仏にまさるべき善なきがゆへに。悪をもおそるべからず、弥陀の本願をさまたぐるほどの悪なきがゆへに」と云々。(歎異抄・岩波日本古典文学大系)

行く。

安治川尻に浪が立つのか、寝しずまった町の上を、しきりに夜鳥が越えて行く。

びッくりさせる、不粋なやつ、ギャーッという五位鷺の声も時々、——妙に陰気で、うすら寒い空梅雨の晩なのである。

起きているのはここ一軒。青いものがこんもりとした町角で横一窓の油障子に、ボウと黄色い明りが洩れていて、サヤサヤと縞目《しまめ》を描いている柳の糸。

軒には、「堀川会所」とした三尺札が下がっていた。

と、中から、その戸を開けて踏み出しながら——

「辻斬りが多い、気をつけろよ」

見廻り四、五人と町役人、西奉行所の提灯《ちょうちん》を先にして、ヒタヒタと向こうの辻へ消えてしまった。

あとは時折、切れの悪い咳払いが中からするほか、いよいよ世間森《しん》としきった時分。

（吉川英治文庫・講談社）

吉川英治の場合、その後の作品では『鳴門秘帖』と同じ作者とは思えないほどに文章が変っており、徳川夢声の『宮本武蔵』における名朗読があるとはいうものの、目で読むための文章になっている。文章社会史という分野がかりにあるとすれば、このあたりに読み手の社会の潮目が大きく変ったのではないかと思ったりする。

# 言語についての感想（五）

私は、社会的に共有されるという意味での文章を、ここでは成熟度の高い文章（あるいは文体）とよぶことにしている。そういう文章は、多目的工作機械のように、さまざまな主題の表現のための多用性をもつものと思っている。

幕府瓦解後、文章は社会的に成熟せず、書き手たちの手作りだった、ということについてすでにのべた。その極端な例として泉鏡花をあげた。右の多用性ということでいえば、鏡花の文章では恋や幻想は表現できても、米ソ問題や日本農業の将来は論じられにくい。——といって鏡花の文学価値はそのことで減じることはない。

ただその文章が特異すぎ、文章の社会共有化についてのるつぼの中に入れられる（無意識にまねをされる）ことがなく、いまなお孤立している、というだけのことである。従って、これは鏡花論ではない。

この点、漱石の存在はあざやかすぎるくらいである。かれの文章は、その時代では稀有なほどに多用性に富み、人間に関するすべての事象をその文章で表現することができた。このことは、セザンヌという絵画史上の存在にも適用できる。セザンヌはただ絵を描いたのではなく、絵画を幾何学的に分析して造形理論を展開し、かれの理論を身につけさえすればたれもが絵画を構成することができるという一種の普遍性に達した。これに感動した同時代の後進であるゴーギャンにいたっては、さあ絵を描こう、というとき、〝さあ、セザンヌをやろう〟と言ったほどだったという。

漱石の門下やその私淑者にとって、言葉にこそ出さなかったが、文章については〝漱石をやろう〟という気分だったにちがいない。この意味で、漱石の文章は共有化され、やがて漱石自身とはかかわりなく共有化されてゆく。文章史上、〝漱石〟におけるような性能をもち、似たような役割をはたしたものとして子規の散文があげられる。むろん鷗外も加えられるべきだが、露伴はすこしちがうかもしれない。

露伴の文学はもっと再認識されてもいいと私は思っているが、ただ、その文章にかぎっていえば漱石や子規とはちがい、文学の重要な要素の一つである日常の些事《さじ》や愚痴をのべる性能をもたなかった。むろん、文学としてはむしろそこに露伴の特徴があるといっていいが、しかし、こんにち、社会的に共有化されてしまった文章日本語の場からふりかえってみると、露伴の文章は鏡花のそれとは別趣ながら、成熟への過程に参加する度合がすくなかったような気がする。そのことがこんにち、露伴の日本語を身近でない存在にしているのではないか。

明治後の文章の歴史を考える上で、丘浅次郎（一八六八〜一九四四）は貴重な存在といっていい。かれは漱石や子規とほぼ同年代に大学予備門に在学し、作文と歴史の二科目ができなくて連年落第したため、規定上、退学させられた。無資格であるため、大学（理学部）も選科をえらばざるをえなかった。

このため、かれは明治の文章教師たちの〝規範〟を憎悪していた。丘は、動物の形態・分類学者としてすぐれた業績をあげたが、それ以上に進化論の紹介者として、また進化論的な文明批評家として、大正期における印象的な文章活動をした。

丘の文章は、地理の教科書のように事物を明晰にとり出し、叙述も平易である。たとえば『善と悪』（大正十四年）という高度な倫理学的主題について生物学の立場から展開した文章などは、述べかたが犀利《さいり》で、論旨が明快なだけでなく、一種ふしぎな憂憤がこめられている。このため読む者は論理のすじをたどるだけでなく、文中の微妙な感情のなかにも快く入ってゆける。

丘のおもしろさは、大正期にその文章がいくつかの中等学校教科書に名文の例として掲載されていることである。明治十年代の後半に、作文で落第した人物が、大正末年には逆に文章の一規範にされているというところに、歴史を感じさせる。

丘に『落第と退校』(大正十五年)という文章がある。一部、抜萃する。

私が二年と二学期、予備門にいた間にすこぶる点の悪かった科目は、歴史のほかに漢学と作文とがあった。(中略)私の考えによれば、作文とは自分の言いたいと思うことを、読む人によくわからせるような文章を作る術であるが、私が予備門にいたころ(註・明治十五〜十七)の作文はそのようなものではなかった。むしろなるべく多数の人にわからぬような文章を作る術であった。例えば、金烏《きんう》が西の山に入ったとか、玉兎《ぎょくと》が東の海に出たとかというように、謎か、判じ物のような言葉を使うて文をつづり、一番わからぬ文章を書いた者が一番上等の点をもろうたように覚えている。

丘がこぼすのもむりはなく、旧文章は幕府の瓦解とともにほろんだとはいえ、学校教育の場にひそんで生きつづけていたのである。作文教師の多くは旧幕時代を経た漢学者だったが、かれらは文章というものは中国の典籍か故事などを踏まえて修辞するものだと信じていたため、丘のような文章は、車夫の雑言としかおもえなかったのにちがいない。

近代社会は、商品経済の密度の高さと比例している。商品経済の基礎は、物の質と量を明晰にすることを基礎としているが、文章もまたその埒《らち》外ではない。福沢諭吉の文章もまた、漱石以前において、新しい文章日本語の成熟のための影響力をもった存在だった。かれは、自分の文章は猿にさえ読めるように書くといった人物であり、丘が落第した時期、『学問のすゝめ』や『文明論の概略』は新・古典に近かった。それでも官学の牙城である大学予備門の作文教師の文章観を変えさせるまでには至っていなかったものとみえる。

以下、福沢に即してのべる。かれでさえ、自分の文章から脱皮したのは、六十すぎに刊行した『福翁自伝』(明治三十二年)においてである。明晰さにユーモアが加わり、さらには精神のいきいきした働きが文章の随処に光っている。定評どおり自伝文学の白眉といっていいが、ただ重要なのはこれが文章意識をもって書かれた文章ではなく、口述による速記であるということである。幕府瓦解までの自分とその周囲のひとびととの心の動き、進退についての人間くさいおかしさは、新時代らしい文章の書き手だった福沢でさえ、自分が手作りした文章ではそれらを表現しにくく、口述にたよった。

福沢の時代のひとたちは、事柄を長しゃべりするとき(たとえば講釈師のように)つい七五調になってしまう伝統があったが、『福翁自伝』にもその気配がにおう。このため内容の重さにくらべて、文体がやや軽忽《きょうこつ》になっている。

しかし『福翁自伝』によって知的軽忽さを楽しんだあと、すぐ漱石の『坊っちゃん』を読むと、響きとして同じ独奏を聴いている感じがしないでもない。偶然なのか、影響があったのか。私は論証なしに、あったと思いたい。

ついでながら、明晰と平易という意味で大正期的な名文である丘浅次郎の『落第と退校』も、精神の活性を表現する上では明治の『福翁自伝』に及ばない。むろんこのことから、自分の事歴を表現するための言語は、なお口述のほうが、この時期、文章よりまさっていたという結論はひきだせない。福沢の言語表現の才は、元来、けたちがいに大きいのである。

サア夫《そ》れから江戸に帰た所が、前にも云ふ通り私は幕府の外務省に出て翻訳をして居たのであるが、外国奉行から咎められた。ドウも貴様は亜米利加行の御用中不都合があるから引込んで謹慎せよと云ふ。勿論幕府の引込めと云ふのは誠に楽なもので、外に出るのは一向構はぬ。只役所に出さへしなければ宜しいのであるから、一身の為めには何ともない。却《かえっ》て暇になつて難有い位のことだから、命令の通り直ぐ引込んで、其時に西洋旅案内と云ふ本を書いて居ました。

（『福翁自伝』より）

# 言語についての感想（六）

私は昭和二十七、八年ごろ——筆者は文芸評論家だったろうか——ちかごろの作家の文体が似てきた、という意味の文章を書いているのを読んで、じつに面白かった。ただ、惜しいことに、筆者はそのことを老婆のように慨嘆しているだけだった。なぜ驚かないのか。

驚くことはたやすくない。大型動物を見て樹の上で跳びあがるリスのように、生れたままの、さらには素裸の感覚が、物を見、感じ、かつそれを表現する者にはいつも用意されていなければならない。その上で、さまざまな次元での比較や、比較を通じてやがて普遍的な本質まで考えてゆくことが、物を書くということの基本的なものである。前掲の筆者が、〝たれの文体も似てきた〟ということに気づいたのは、十六世紀の航海者が新しい陸地を発見したほどに偉大なことである。ただ、その〝異変〟に出くわして幼児か老婆のように泣いてしまった。

たれでも、一日のうちで、幼児になったり、老婆になったりしている。私がそれを読んだ瞬間では、幸い、コドモの気分でいた。

（ついに似てきたか）

と、私のなかのコドモは躍りあがるようなときめきをもった。文章も、文明の一部である。文明というものは物理現象のように共通化の方角にむかうもので、そのことは、好悪の問題ではない。江戸末期に共通化されていた文章日本語が、維新で瓦解し、あらゆる文章参加者が、それぞれ手作りで自分の文章を造り、すくなくとも昭和のある時期まで作家たちはまちまちの手製の文章で作品を書いてきた。それが、似てきたという。

言いかえれば、たれの文章の一部を切りとっても、たとえばオーストラリアの大学の日本語科の期末テストの問題になりうるのである。ついでながらこの言い方は、私の友人から得た。私がここに書きつづけてきた主題について考えている時期——昭和五十年ごろだったか——ドイツ語に堪能な哲学教授の橋本峰雄氏に、ドイツ語とはどんな言葉か数秒で教えてくれ、とせがんでみた。かれは即座に、「たれが書いても期末テストの問題になりうるという言葉だ」とじつに含蓄のある答え方をしてくれた。かれの答えの中の一つの要素には、ドイツ語がその文法から強く拘束をうけている、という基本的な性格もふくまれているかと思われるが、いま一つはすでに文章ドイツ語が共通化への成熟を了えた、と解釈していいようにも思われた。

私は若いころ語学校にいたが、ヨーロッパ語というのはロシア語初歩をわずかに学んだにすぎない。ただ、その後、語学者になった友人が多く、いちいちフランス語やスペイン語などについて、同意趣のことをそれぞれの専攻者に質問してみると、〝数秒〟の返答はみなおもしろかった。ただ橋本峰雄氏ほどに警抜な返答をした人はいなかった。

次いで、そのことから離れ、以上、書きつづけてきた趣旨について質問しようと思いたったが、そのためには長い前口上が要る上に——まことに贅沢なことながら——相手は、文明についてながが年考えつづけて来られた観察と思想の老熟者であらねばならないと思い返した。あるとき河盛好蔵氏をつかまえ、また別な場所では桑原武夫氏をわずらわせた。両氏とも私のながい前口上をよく聴いてくださった上、この手前味噌について異論なく賛成してくださった。両氏がフランス文学の碩学であることはいうまでもないが、私は親しさに甘え、フランス語において共通性の高い文章が成立したのはいつですか、という旨のことをきいた。両氏とも即座に、それはいつだということを答えてくださったが、その内容については誤記するおそれがあるのでここでは触れない。ただ私には、フランスにおいても右に触れてきたような現象（むろん、日本よりずっと年代が古いが）があったということを知るだけで満足だった。

桑原武夫氏の場合、重要な意見を付加された。私は文章日本語が共通化したのは、冒頭にふれたように昭和二十七、八年とおもっていたが、氏はもう数年下げて、

「昭和三十年代、雑誌社が週刊誌を発行してからだと思います」

と、明晰に、それも論証とともにいわれた。ついでながら週刊誌は、戦前から昭和三十一年まで新聞社の刊行物とされ、それが固定観念になっていた。しかし昭和三十一年、新潮社がそれを発行することによって慣例がやぶられ、ひきつづきいくつかの大出版社がそれを発行し、当時の流行語でいう〝週刊誌ブーム〟が現出した。

それまで、企業として文章を書く能力をもつ団体は新聞社だけとされてきたし、事実、そうだった。いわば文章を企業的に書く作業は新聞社によって独占されていた。しかしこのときから、雑誌社が、自社の社員や、依嘱した記者に書かせることによって大量の文章を世間に配布することになった。世間に、文章の洪水が氾濫した。文章語としての日本語の歴史の中で、こういう現象はかつてないことだった。それらの文章は、明治の新聞の雑報欄の文章からみればはるかに語学的に良質（内容はべつである）で、文意がつかみやすく、格調も低くなかった。当初は社によって多少の特徴があり、それが個性というよりも、しばしば生硬さとしてうけとられもしたが、品質向上のために相互に長所を模倣しあうことによってみじかい時間内に共通化がごく自然に遂げられた。

共通化というのは、精度の高い型を生むことである。言うまでもないことだが、私はこの現象に目をむけることで文章の社会的ステロタイプ化を礼賛しているのではない。ただ自然史で自然が述べられるようにしてそれをのべている。さらに言わでものことながら、これについての価値論的な意見や好悪という政治的あるいは美学的課題についてはふれていない。私がいっているのは、〝語学的〟な意味での文章の型のことである。

そのとき、桑原氏は、その友人であるすぐれた科学者の場合を例としてあげられた。その人は地球の極限的な地域で国費によって大きな調査と研究をされたのだが、帰国後、べつにその体験を一般書として書くことなく過ごしておられた。ヨーロッパではむかしから国外で異常な体験をした人々（たとえば航海者、探険家）や、その人の人生そのものが社会にかかわりがつよい場合（政治家、軍人など）は、必ずといっていいほど回想録を書く。それが社会への義務であるかのように慣習化しているのである。そのおかげを私どもも蒙っている。幕末・明治の日本を知ろうとする場合、アーネスト・サトウその他、日本経験をした欧州人の回想録がいかに光度のつよい照射力をもっているか。その逆の場合がいかにすくないか。逆というのは、明治期、国費で留学した人達のことである。かれらが留学先の国情や社会像についてどれだけの報告を日本社会にしてきたか、まことにお寒いといわねばならない。

話を、もどす。

おれには文章なんか書けないよ、とそのひとが桑原氏にいった。それに対し、桑原氏は、なんでもないことだ、大阪への行きかえり（その人は京都に住み、大阪の大学の教授をしていた）の電車の中でたとえば「週刊朝日」でも読めばいい、というと、その人はいわれるままに実行し、やがて型をおぼえ、ほどなくすぐれた文章を駆使して、精密な内容をもつ本を書いた。

これが、文章という文明の一機構の成熟というものだと私はおもうのである。誤解のないように繰りかえしたいが、右のことは、文章を書くうえで週刊誌のまねをせよということではない。ただ、そこにも、手軽に型を見出せる。そういう意味である。型とは、文章日本語として、論旨と描写を明晰にするための型であり、明治百年ちかくかかってようやくできたものが週刊誌にも用いられている。つまりは、その型に参加することによって、本来、内蔵されていてそとに出るはずのない自分の思想や感情、あるいは観察などを、過不足なく外部にむかって出すことができるのである。型の成立が一国の文章言語の共通化への成熟というものだというのである。

時代をさかのぼらせていえば、明治時代、徳富蘇峰と泉鏡花と北村透谷、植村正久、内村鑑三、大町桂月などがたがいに外国人同士であるかのように雑居していて共通の型をもたなかった文明としての時期に、もし文章の専門家でもない者が何年ペテルブルグに滞在して帰国したところで、ロシア事情とかの地における自己を文章として明晰に表現することは至難のことなのである。

以上は、ただそのことを言ってきたにすぎない。

さらに、くどいようだが、だからどうだ、ということについてはべつの課題であり、まして、文章の内容の疎密はどうなる、などということは見当のちがう分野である。そのことをしつこくことわっておかねばならない。

# 言語についての感想（七）

少年のころ、最初に読んだ小説は徳冨蘆花の『寄生木《やどりぎ》』だった。なんともいえぬ暗い気持になった。その後も蘆花について考えるとき、その時の暗い印象がつきまとったが、『殉死』を書いたとき、乃木家の書生だった『寄生木』の主人公についての暗い気分が、まだつづいていたように思える。

少年期の私にはたとえば漱石の『行人』や『こゝろ』の内容がわかるわけはなく、子規にいたっては子供の感受性にはまったく無縁で、蘆花ばかりは、やや色気づいた中学初年級の年齢にとっておもしろかった。それらを読んだのは、父の多からぬ書架に全集としてそろっていたためで、自分が選んだわけではない。

それらは、空襲で灰になった。戦後、世の中が落ちついてきてから、古本屋をまわったり、頼んでおいたりして再入手した。

大正六〜八年刊の岩波版『漱石全集』と大正十三年刊のアルス版『子規全集』の入手はたやすかったが、あかるいブルーの地に鶴を白ぬきした昭和三年刊の新潮版『蘆花全集』は手に入れにくかった。

やっと手に入れたとき、亡父の体臭を嗅いだような思いがした。しかしせっかくの『蘆花全集』もひらく気がせず、再読したのは『謀叛論』だけで、なにかの形見のように書架にねむらせてしまっている。

それにひきかえて『子規全集』は折りにふれて読むようになった。とくに、昭和五十年ごろから刊行されはじめた講談社版『子規全集』の編集に関与してからは、この版のほうがなじみぶかくなった。読むべき本がないまま、そぞろにすごしている日は、テレビでも見る程度の気分で、自分のいまの齢よりもはるかに若くして死んだこのひとの散文を読んだりする。子規には、どこかひとをあかるくさせるとびきり上質な幼稚さがある。あるいは体温そのものを感じさせるユーモアがあって、元気がわいてくるのである。

子規は、ときにこちらの大人くささが厭になるほどに子供っぽい。かれ自身、むきであるため、読んでいて、そのことに批判的になるよりも、愛を感じてしまう以外、手がない。

たとえば、かれの写実的文章論への提起の問題である。つまりは、無内容な美文はいけない、という。写生でなければいけない。しかしながら単なる写生では平板だという。そこで、ヤマがなければいけないとするのだが、子規の場合、それだけでとどまらない。

秉公《へいこう》とよんでいる同郷の河東《かわひがし》碧梧桐《へきごどう》や、おなじく清サンとよんでいる高浜虚子らを根岸の病室にあつめ、文章を持ちよらせて朗読させ、品評し、いいものは雑誌「ホトヽギス」にのせた。脊髄も骨盤も片肺も腐りはじめた死の二年前の九月ごろのことである。その会を、子規はことさら自分の主唱に即して、「山会《やまかい》」と名づけた。その命名に、主唱者のむきさ加減が稚気になってあらわれている。子規という中年書生に、齢若の書生がとりまき、とくに松山組にいたっては、子規を通称の昇——ノボサン——とよんで、兄貴株あつかいをしているふんいきのなかから、素朴リアリズムによる文章改革運動がはじめられ、同時代に大きな影響をあたえた。

蘆花、漱石、子規の三人は、明治元年(一八六八年)うまれの蘆花だけが一つ齢下で、ほぼ同年のうまれである。蘆花と子規の文章は、その前期においては多分に美文的であったが、後期にはともに写実性が高くなった。ただ蘆花は後期になっても、修辞性がつよかった。このことは蘆花が固有にもつ酒精分のつよい資質——たとえば抑鬱気味の感情や、正義意識、さらには宗教的感情——と無縁ではないが、子規は修辞という言いまわしの多用を好まず、対象を青眼《せいがん》で見つめ、酒精分を排し、水のような態度で、それらの関係位置や成分を見きわめようとした。蘆花の作品が古び、子規の散文がいまなお気楽に読めて古びないのは、多分そのことによる。

以下の子規の明治三十四年の『墨汁一滴』のひとくだりは、右のことを実証するための例としてではなく、一興趣としてあげる。

この例は、子規が、世情や物事について驚きを感ずるについても、無用の正義意識や修辞意識という精神の酒精分を排しているということのささやかなしるしになるかもしれない。

五月二十八日付の『墨汁一滴』において、子規は都鄙《とひ》の一側面にふれている。東京の子供は、田舎の子供とちがい、小学校の高等科の子でも、半紙で帳面をとじることができない。しかし東京の子供は田舎の子供にくらべ見聞のひろいことは非常なものである、とする。

「これは子供の事ではないが」

と、子規はいう。かれが田舎から出てきて驚いたことの一つは、東京の女がみずから包丁をとって魚の料理ができないということであった。子規はその理由を知っている。それらは魚屋がやるため、その技術を身につけずにすむからだ、という。

百事それ〴〵の機関が備つて居て、田舎のやうに一人で何も彼もやるといふやうな仕組で無いのも其一原因であらう。

その翌二十九日付でも、一教師からきいた話として、同主題の文章をかかげている。体操唱歌は東京の子供にこれを好む傾きがあり、田舎の子供は男女にかぎらず、この課目をいやがる、という。そのことは、以下のこととも関係がある。

東京の子は活潑でおてんばで陽気な事を好み田舎の子は陰気でおとなしくてはでな事をはづかしがると云ふ反対の性質が（註・体操唱歌についての両者の好悪において）既に萠芽を発して居る。かう云ふ風であるから大人に成つて後東京の者は愛嬌があつてつき合ひ易くて何事にもさかしく気がきいて居るのに反して田舎の者は甚だどんくさいけれどもしかし国家の大事とか一世の大事業と云ふ事になると却つて田舎の者に先鞭をつけられ東京ッ子はむなしく其後塵を望む事が多い。一得一失。

その翌三十日付には、子規はいう。

……これも四十位になる東京の女に余が筍《たけのこ》の話をしたら其の女は驚いて、筍が竹になるのですかと不思議さうに云ふてゐた。

（中略）

余が漱石と共に高等中学に居た頃漱石の内をおとづれた。漱石の内は牛込の喜久井町で田圃《たんぼ》から一丁か二丁しかへだゝってゐない処である。漱石は子供の時からそこに成長したのだ。余は漱石と二人田圃を散歩して早稲田から関口の方へいたが(ママ)大方六月頃であつたらう、そこらの水田に植ゑられたばかりの苗がそよいで居るのは誠に善い心持であつた。此時余が驚いた事は、漱石は、我々が平生喰ふ所の米は此苗の実である事を知らなかつたといふ事である。都人士《とじんし》の菽麦《しゆくばく》を弁ぜざる事は往々此の類である。若し都の人が一疋の人間にならうと云ふのはどうしても一度は鄙住居《ひなずまゐ》をせねばならぬ。

この逸話は漱石を知る上でもおもしろいが、しかしそういうことよりも、以上のように、べつに雑報欄の珍事でもなく、天下の一大事でもない日常茶飯の随想が、硬質な新聞として知られる陸羯南《くがかつなん》の「日本」に、百六十四回連載されたということである。高調子や思い入れをこめた文体は他の欄に満載されているが、「規」という署名だけのこの欄では、呼吸の温かみのあるふだんの声で、しかもただの世事や、ほのかな心境が語られている。子規の『墨汁一滴』こそ、かれ自身の文体の遍歴のすえ創始された文体といってよく、しかも子規は、横丁で遊ぶ子供のように、仲間をあつめてその共有化のためにささやかな文章改革運動をさえおこした。

山会は、子規の死後も、虚子編集の雑誌「ホト、ギス」において継続された。子規死後二年、漱石はこの山会のためはじめて創作の筆をとった。明治三十八年一月号から連載された『吾輩は猫である』である。山会の延長線上でとらえるべきかもしれない。

# 雑話・船など

『坂の上の雲』から『菜の花の沖』にかけて、海が出てくる。昭和四十年代のいつごろからか、私は書斎の中の船乗りになった。

余儀ないことながら、一種の船ぐるいだった。道を歩いていても、体にあたる風のことをあれこれ考えたりした。いまは西北の風だから帆をどのように上《うわ》手廻《てまわ》しして〝まぎり〟して風上にのぼってゆかねばならない、といったぐあいであった。

『坂の上の雲』の時代は、すでに蒸気の時代である。

それでも極東への——艦隊ぐるみの世界周航《サーカム・ナヴィゲーション》という意味で——壮大な航

海をしとげたバルチック艦隊の側においては、古い士官のなかに帆船時代を経てきたひとが多かった。かれらはながい航海中、

——港々で真っ黒になって石炭運びをしなければならないこんなアイロンのような艦《ふね》など、艦じゃないよ。

などとこぼした。かれらは、帆船をなつかしんだ。風と帆と舵がうまく適合しているとき、船体はふしぎなしずかさを帯び、波をカミソリで切ってゆくように走る。その〝適合感〟というのは名状しがたい快感だった、といったりした。このため、書斎の船乗りである私も、帆船からはじめねばならなかった。

私は、少年のころ、見わたすかぎり草がつづいているという風景がすきで、海などは好まず、海底に沈んでいる死体よりも、陸地で腐乱している死体を望んだ。幸い——でもないが——戦車科にとられた。当時、騎兵がほぼ九割方廃止されていて、古ぼけた中、少尉のなかに、騎兵科から転科してきた人がおり、そういう将校を、初年兵のころ、営庭のはるかなむこうで見た。みな長身で、

騎兵時代を誇りにしているのか、長い騎兵刀を腰に吊り、刀緒《とうちよ》とよばれる吊りひもは、革でなくグルメットとよばれる騎兵用の鎖だった。鎖では戦車の中で電気系統にふれてショートをおこすおそれがあり、無用有害の小道具だった。かれらもまたバルチック艦隊の老士官のように、過去の文化を懐かしんでいた。

話がそれたついでに、一九三二年のロサンゼルス・オリンピックに、馬術の大障害で覇者になった騎兵将校西竹一《にしたけいち》のことにふれておく。

かれの生涯は中年でおわったが、その晩年、戦車科に転科させられ、旧満州の戦車連隊長になった。他の戦車連隊との対抗演習のとき、主将のかれは自分の戦車に乗らず、馬に乗って連隊を指揮したという。いかにも男の自己愛《ナルシシズム》を感じさせられる話だが、私はこのうわさを、おなじ旧満州できいた。その後、西竹一は連隊ぐるみ硫黄島に移され、米軍の艦砲射撃にさらされた。どの戦車も火山島の土の壕に容れられて砲塔だけを出し、ついに一メートルも動くことなく全滅した。

海に、話をもどす。

書斎の船乗りだった私は、帆船と航海あるいは海流に関する本をあつめられるだけ集めた。想像の風濤《ふうとう》のなかで航海しているうちに、本物の船乗りや、商船大学の教授、あるいはかつての軍艦乗り、さらにはなまなかな専門家以上に船についてくわしいマニアのひとたちと親しくなった。

一方、瀬戸内海や瀬戸内海の古い漁港や、日本海の江戸期廻船の寄港地をたずねまわっては、和船経験者の話をきいたり、付近の潮流や気象のことをきいたりした。

さらには、船乗りの体験記や海洋小説を読んだ。これらは表のついた資料よりも、じかに海風が体の中に入ってくる気分をもたせてくれた。

そのなかでも、C・N・パーキンソンの『ホレーショ・ホーンブロワーの生涯とその時代』は、十八世紀の英国の帆船時代を感じる上で、役に立った。

ただし、これにはいいわくがある。

パーキンソンは、一九〇九年、イングランド北部のダラムのうまれで、「パーキンソンの法則」で知られた政治・経済学者である。余技として、帆船時代の海戦小説を書いた。ホレーショ・ホーンブロワーという帆船時代の奇傑を創作したのは、故C・S・フォレスターだそうだが、この作家については私はなにも知らない。

歴史上のホーンブロワー提督は、決して主要な海戦で立役者になることがなく、主として海のゲリラ戦で戦局の好転に功を示してゆくといったいわば鞍馬天狗のような存在だった。晩年は功によってバス最高勲爵士に叙せられ、子爵となった――とパーキンソンはいう。本当だろうか。しかしこの提督は、本当以上に実在していた、というカードを、無数に、パーキンソンはわれわれの前にならべてみせるのである。パーキンソンは、故フォレスターの作品もまた、ホーンブロワー家が旧所蔵主である当時の書簡集をつかって書かれたものだ、と私どもに親切に教えてくれる。

その書簡集というのは、ホーンブロワー提督から四代目のホーンブロワー卿が、一九二七年にグリニッジの海軍大学校に寄贈したものだという。しかも現在は国立海事博物館に保管されている、という。読者にすれば、そこへゆけば閲覧することができる、とのべてゆくうちに、私どもは事実群《ファクツ》としての臨場感をもたされる。

ただし、パーキンソンは、ただ一通だけは例外だという。ホーンブロワー提督は、生前、その子孫に対し、「自分の死後、百年経って開封せよ」と、地元の銀行に書簡をあずけておいた、というのである。子爵家では、六代目が家を相続したとき、パーキンソンはその好意によって、その書簡を披見することができた。

その書簡の内容は、ごく簡単だった。「文書資料が三箱、弁護士ホッジ氏にあずけてある」というのである。十九世紀半ばに、寄託した書類が、まだ残されているだろうか。第一、ホッジ法律事務所というのがなお存在するか。パーキンソンは苦心の捜索のすえ、さがしあてた。その膨大な資料によって『ホレーショ・ホーンブロワーの生涯とその時代』という偉大な伝記は書かれたのである。

が、実際は、ぜんぶうそだった。

前掲の本の訳者は、出光宏氏である。私とほぼ同年輩の人で、至誠堂という小さな出版社を経営される一方、日本海事史学会の理事である。また海洋協会の理事長でもある。

そういう練達の人でさえ、この本を最初に読まれたときは、実在の人物と考えていたらしくおもえる。ただ、氏は、『訳者あとがき』に、訳者が、英国の貴族・勲爵士の名鑑と、船名の名鑑の二冊の書名をそれぞれあげて、

前者の貴族名簿、後者の船名簿のいずれを見ても、Hornblower という名はない。

と、ただそれだけ簡潔に書いておられる。英国史のどこにも、一介の庶民から身をおこして最後は元帥になり、バス最高勲爵士に叙せられた人物は、存在しないのである。

当のパーキンソン教授は、むろん、作中のどこにも、この提督が架空の人物であることをほのめかしもしていない。むしろ架空であればこそ、その事実群はかえって重厚である。客観的資料をたんねんに積みあげ、ちりばめ、貼りあわせ、いわば実在以上の人間をつくりあげただけでなく、この知的遊戯を完璧にするために、本の口絵には「現ホーンブロワー子爵所有」という油絵の肖像画までかかげている。しかもこの絵は「一八一一年、王立美術院会員サー・ウィリアム・ビーチが描いた」とまでパーキンソンは説明を入れた。おそらくパーキンソン自身が、画家にたのんで、十九世紀初頭の画風によってそれを描かせたのにちがいない。

これらは、英国の知的社会でのみ理解されるやや腐熟したユーモアとしてうけとられるべきかと思えるのだが、しかし私どもの社会ではトマトでいえばまだ熟《う》れておらず、この種のユーモアはうまれないし、またうまれる必要もない。こういう、人生と社会の退屈さに風穴をあけようとするための一種の高級な文化は英国人にまかせておけばいい。

ただ、本そのものがトリックであるという黒っぽいユーモアを仕上げるために、著者は船橋《ブリッジ》に立つ航海士のように、風や波や海流に通暁《つうぎょう》している。また掌帆長《ボーソン》のように動索と静索をたくみにあやつり、また砲撃されて折れた主檣《メインマスト》の帆桁《ほげた》の破片を避けながら甲板を走っている水夫のような機敏さもその叙述はもっている。さらには造船上の知識をもふくめ、それらの事実群の浮子《ブイ》に浮かびあがらされた主人公がいかなる実在者よりも、その時代の英国人の一典型たるにふさわしい人物になっているのは、愉快なほどである。

# コラージュの街

大阪の市中ながら、「靫《うつぼ》」という界隈《かいわい》には、行くべき用事が、まずない。先日、ひさしぶりでそのあたりを歩いた。四百年の熱閙《ねっとう》のなかで、こういう廃墟がありうるのかと、息をのむ思いがした。

「靫」というのは、奇妙な地名だが、江戸期、船場《せんば》とならんで大坂の商業の中心地のひとつだった。船場――とくに北船場――の場合、全国の大名に金を貸す鴻池など大小の金融機関がひしめいていた。ほかに、長崎経由の輸入生薬《しょうやく》や唐物など、全国規模の流通の中心をなす問屋街でもあった。

堂島という界隈もあった。これも江戸期のことだが、全国の米がここに集まり、相場が立った。大坂にはそのほか、全国の銘木をあつめて市が立つ界隈などがあり、いずれも幕府からゆるされていた商権だったが、明治になってすべて消滅した。維新は士族だけを失業させたわけでなく、大坂を一時的に大陥没させた。

江戸期の靫の界隈は、金肥《きんぴ》の問屋がひしめいていた。棉作などに必要な鰊《にしん》その他の魚肥や、塩干物などがあつまっていて、せまい間口の店でも、日に千金の取引をするといわれた。とくに北海道からくるほしかの市は、運河の曲り角にある永代浜でおこなわれ、市ごとにすさまじい額の金銀がうごいた。

明治維新は、国際経済の仲間に入ったということでもあった。たとえば、安くて良質の英国綿が入ってきて、江戸期のひとびとに木綿を着せつづけてきた棉作を潰滅させた。従って棉作肥料のほしかも不要になり、靫の商いも衰弱した。

――太政官《だじようかん》は、けしからぬ。

という不満は、明治初年、全国の士族・農民をうごかした。とくに武力でつぶされた会津士族には恨みが残り、また「処分」された琉球にも鬱懐がのこった。

が、大坂は江戸期の商権をことごとく明治にうばわれながらも、怨念の声というものはない。農民や農民に寄生している士族とはちがい、商業は論理で成立している。論理はそれ自身で完結しているため、怨念の噴き出しようもなかった。商業とか商人とかいうものは、そういうものであるらしい。

明治期いっぱいでほとんど亡んだに近い靭の界隈も、大正期まではまだ食品としての海産物問屋がのこっていた。

それらの問屋のむれも、昭和六年の中央卸売市場という、行政指導による流通の一本化のために靭から去り、かれらが営業していた問屋ふうの建造物も老朽化した。私は少年のころしばしばこの界隈を通ったが、どこか木造船の廃船捨て場のような印象をうけた。

ただ、陰気さはなく、機能がとまった古機械群のようにあっけらかんとしていた。そのときの記憶をもとにして、『浪花名所図絵』や『浪華百景』などをかさねてゆくと、機械がふたたびうごきだすようにして靱の全盛期をイメージのなかで再現することができた。『菜の花の沖』にこの界隈が出てくるが、少年のころに歩いた記憶が役立っている。

靱には、さらに末路が待ちうけていた。

昭和二十年三月の米軍の大空襲によって八割方が灰になってしまった。ほどなく進駐してきた米軍は、焼跡にブルドーザーを走らせ、地面をのしいかのようにひらたくした。やがて軍用の小型飛行機が発着しはじめた。都市の――それもかつて殷賑《いんしん》をきわめた――界隈が飛行場にされてしまったという例は、他にあるまい。靫は、維新に負け、明治期の世界経済に負け、太平洋戦争に負け、戦後処理にも負けた。

靫は、さらに変る。昭和二十七年、対日平和条約の発効によって日本の主権が回復したが、その六月、米軍（正式には連合国軍）はこの飛行場を大阪市に返還した。大阪市は、これを公園に仕立てなおした。広さ二万七千七百六十二坪という大型の靫公園は昭和三十年に完成し、当時若木だった樹々もいまは鬱然としている。ただ樹々の下を歩いて、かつていらかをつらねた蔵、土間いっぱいの荷、店頭のにぎわい、糶《せり》の声のさえぎなどを想像するのは困難である。

いまも、靫の界隈の残片はある。中央部が飛行場から公園になったりしたために、その残片は他の市街部との間の機能的連繋がうしなわれてしまったような感じで、雑然としているが、古写真のように生気がすくない。

残片の街は、居住区ではなく、商いのまちである。その商いもかつての靫を特徴づけた海産物ではなく、雑多な小資本の商業が、朽ちた建物のなかでおこなわれていて、せまい路上は秩序感がない。不法駐車のぼろ車、古びた看板、ゴミ箱といったものでちらかっており、この街で商うひとびと自体、街の手入れをあきらめてしまっているようである。

狭い道を歩くと、二十歩ごとに車に追われて軒下に身を避けねばならなかった。私は、画廊をさがしていた。友人の玄文叔という人のお嬢さんで、玄美和という彫刻家が、この街のどこかで個展をひらいているはずだった。略地図をたよりにさがすうち、路上に、手描きで「玄美和展」と書かれた小さな置看板が出ていた。見ると、大正時代ぐらいの小型ビルの廃屋だった。

なかへ入ると、荷出しのための通路が奥まで通っている。壁のタイルは古めかしいながら舶来物で、二階へあがる階段の手すりの装飾もみごとなものだった。盛時はよほどの商家だったろうと思いつつ、荷出し通路の奥までゆくと、中庭があって、空のあかりが落ちている。古い大阪の商家に多い構造である。

そのつきあたりが、什器蔵《じゆうきぐら》だった。店舗は明治洋館風で、蔵は、江戸時代のものである。

その蔵が、画廊だった。重い扉をぐゎらりとあけると、板敷と白い内壁だけの空間になっている。

（まちがえたかな）

と、一瞬、思った。絵も彫刻もなかった。

扉の音をきいたのか、画廊の女主人が、蔵の二階から用心ぶかい足どりで降りてきた。

「どこに、作品がありますか」

ときくと、女主人は、無言で壁を指さした。そこに古新聞をちぎったものが貼りつけられていた。

「ああ、コラージュですか」

私は、話にはきいていたが、この種の造形様式を見るのがはじめてだった。

ピカソやブラックもやったというから、すでに古典的になっている手法なのだが。

よく見ると、おもしろかった。

作者の玄美和さんは若いだけに、この現代の古典形式をこんにちふうのポップ・アートに通ずる感じでやってのけている。コラージュとは、既成の勿体《もったい》ぶった美術意識を蹴とばす精神から出た芸術らしいが、見ているうちに、結構、連想がわいてくる。

厚さ十センチほどの古新聞の束をざっくり截断した切り口の材質感をさりげなく見せてくれたり、いきなり破っただけの古新聞なども掲げられている。当の美和さんはこの作品群の前でつつましく腰かけている。小麦色の可愛い顔のこのお嬢さん自身、人類が生んだ大切な作品のようでもある。

「東京からきて、ずいぶん画廊をさがしたんです。ここへきて、この画廊を見たとき、ここしかない、と思ったんです」

と、彼女は気取りのない声でいった。

ふたたび路上に出ると、もはや廃墟ともいうべきこの鞆の生き残りの街までが、ぬきさしならぬ作品のように見えてきた。むろん、作者は歴史であるだろう。鞆をさまざまに切りきざんで、いまはコラージュの作品としてわれわれに見せてくれているのではないか。つい、酒も飲まないのに、白昼の酔いを感じた。

# 原形について

あたりまえのことだが、他国については、自国の尺度で見ればすべてまちがう。国、あるいは社会または民族というものに二つのものなど存在しないのである。

これもあたりまえのことだが、そういう多様さがありつつ、最後には「人間」という大きな均質性で締め括られるところが、この世のたのしさといっていい。

さらにいえば、他国を知ろうとする場合、人間はみなおなじだ、という高貴な甘さがなければ決してわからないし、同時に、その甘さだけだと、みなまちがってしまう。このあたりも、人の世のたのしさである。

一つの国、あるいは民族は、自然およびあらゆる歴史的条件の巨細《こさい》とない集積の結果である。街頭でみる小さなできごとがいかに珍奇にみえても、それらはすべて歴史的事情からでている。不意にそれをさとったときのうれしさは、ちょっと名状できない。

歴史的事情というのは、むろん社会科学の用語ではない。強《し》いてその言葉をつかうと、その事情は、無量ともいえるほどに、多量かつ多様な破砕群であって、一つの文化のなかにありつつ、たがいに矛盾しあってもいる。

その矛盾を整合し、また偶然の混入物質や、あまり本質的ではない枝葉などをとりはらって原形のようなものをとりだせないか、という衝動がつねに私の中にある。

私は、少年のころからアジアが好きであった。そのころ、不逞《ふてい》にも、心のどこかに明治憲法風な〝近代〟思想と宮崎滔天ふうな田舎民権主義をアジアの他の国々へ輸出したいという子供じみた（現に子供だったが）妄想があったが、しかし兵隊にとられて「満州」にいたころ、中国の農民を多く見て、日本と中国と、原形や発現の仕方がちがえばこそたがいにすばらしいのだ、と思うようになった。

『長安から北京へ』は、面映ゆさを押していえば、自分が感じつづけてきた中国の原形というものを他の人に知ってもらうことが、中国的現象を見る場合、大本を見誤ることがややすくなくなるだろうと思って書いた。

この稿を雑誌「中央公論」に連載しているとき、中国はいわゆる「四人組」の時代だった。北京の当該官庁は毎号翻訳して、検討し、著者は中国に悪意をもっているのか、それとも基底にあるのは好意なのか、という次元で判断が振幅した、という話をのちにきいた。原形をとりだそうとする場合、基本的に愛情がなければならないが、悪意や好意などという、瑣末《さまつ》な感情が入りようもないのである。

『項羽と劉邦』を書いているときも、右と同様、原形を感じたいという動機が混入していた。

ただ、『項羽と劉邦』の場合、われわれの古典世界でもある。私どもの先祖は、日本人の典型よりも、むしろ『史記』などから無数の人間の典型群を学び、人間の現象を知ることができた。繰りかえしていえば、『項羽と劉邦』は中国人とは何かという特殊な分野を、濾過紙を透過することによって、人間とは何かという普遍的な命題に至らせたかった。みずから戒めたのは、ことさらに日本的な心情にひきよせまいとしたことだけであった。

話題を変えるようだが、新中国の要人だった廖《りよう》承志《しようし》（一九〇八～一九八三）に会ったときのことをいま思いだしている。

廖さんは東京小石川のうまれで、生っ粋の江戸っ子の風韻をもちつつ、一方、中国革命の申し子というべき人（父仲愷はテロで倒れ母何香凝も闘士だった）でもあった。この人自身、長征以来の古い革命歴をもっていた。が、一瞬もそういうけわしい前半生をひとに印象させたことがなく、北京政府の同僚たちから、このひとだけは旧中国の大人《たいじん》に対する尊称である「廖公」とよばれていた。むろん、新中国では、思想としてこういうよび方はよくないとされている。しかし周恩来は、

「廖さんだけはべつだよ」

といっていたという。

毛沢東は革命後、多分に象徴的な位置にまつりあげられた。しかし、その後、軍隊を工作し、少年（紅衛兵）を煽動するという異常な手段で奪権運動をはかる。プロレタリア文化大革命といわれた狂気の時代であった。その中心的存在は、毛沢東夫人の江青だった。その彼女を、それまで無名だった「上海組」

（張春橋、王洪文、姚文元）がとりまき、古来の宮廷政治を再興し、全中国に皇帝への忠誠運動と、それについての宗教的歓喜、同時に政治的パニックをひきおこした。

こんにち、中国では、この「文革」の時代を「動乱の十年」（一九六六～七六）とよんでおり、功罪の判定は後世にゆずるとして、人によっては中国建設が百年遅れたとなげく。

私はこの時期、江青を筆頭とする「四人組」の権力がかたまった一九七五年五月に訪中し、刃物のような表情の姚文元に会い、帰って『長安から北京へ』を書いた。前記のことばをつかえば中国の原形論でありながら、紀行のかたちをとった。

そのさわぎが終った翌七七年、はじめて西域へゆくべく、いったん北京に寄った。そのとき、廖さんが私ども一行（団長・中島健蔵氏）をホテルにたずねてきてくれた。

廖さんは、ユーモアをまじえて、当時の混乱と政治的惨状を、江戸弁で話してくれた。公開の場でないだけに、暗黙のうちにオフ・レコードの気分があったが、廖さんも鬼籍に入られたし、歳月も経ているから、記憶している一部をここに書いておきたい。

廖さんは、のっけに、

「部屋に、朱徳さんが、大変だ、といってとびこんできたんですよ」

といった。異常な季節はそこからはじまった。

朱徳（一八八六〜一九七六）の名は、私などにとって歴史上の人物である。新中国の「建軍の父」といわれるが、戦前、新聞の外電などの印象では中国共産党の代表的存在は、毛沢東よりもむしろ朱徳だった。野人で磊落《らいらく》で、なによりもかれを魅力的にしていたのは権力欲がうすく、私党をつくらないことだった。

「皇帝（注・毛沢東）が、宦官《かんがん》をひき入れたよ」

と、朱徳がいったという。

「動乱の十年」については多くの本があるが、事態の原因についてこれほど本質的に言いあらわしたことばを私は読みも聞きもしていない。宦官というのは、いうまでもなく、去勢をして（あるいはされて）皇帝の家庭（宮中）に仕える者のことである。かれらは皇帝の身辺の世話をするだけでなく、后妃以下の宮廷女性の面倒を見る。皇帝や皇太子の生母に密着しているため、自然、病的な権力を得、しばしば府中（政府）を圧倒した。清朝の終末まで、古代以来、中国政治史は、宦官の害毒史であったともいえる。


たしかに、「四人組」の三人はもともと無名にすぎなかった。宮廷の江青夫人とその背後の毛沢東に密着することのみで権力を得たことも、また府中を圧倒したことも、歴史上の宦官とおなじである。

「宮中・府中の別をたてよ」というのは古くから政治論文につかわれてきたフレーズだが、宮中とは、即物的には宦官のことをさした。朱徳がかれらを「宦官」とよんだことは、一国家（あるいは社会）が、いかに固有の原形から離れがたいものかということを、この事件は考えさせる。

私どもを、最高幹部の一代表として人民大会堂の広間で接見した姚文元氏は、色白で、ゆたかな頬と額がつややかだった。しかし実務の風霜にきたえられた相貌ではなく、水のように光る目は、議論の強者をおもわせるだけだった。三年前の七二年の新聞では、「姚文元が毛体制後継者か」と報ぜられたこともあり、私は会いながらその記憶をよみがえらせたが、目の前の人物は、政治家としての現実感がうすく、いまわれわれは劇場にいるのだ、としきりに思おうとした。

# 祖父・父・学校

学校が、どうにもいやで、就学中、もし来世というものがあるなら、虫かなにかにうまれたほうがいい、と何度おもったか知れない。

それとは何の関係もないことだが、私の祖父である惣八という人は、子である是定《しじよう》（私の父）からきいたところでは、学校についての極端な否定者だった。

いま播州姫路の南郊に旧称広《ひろ》という古い在所があって、そこに天満宮がある。惣八は明治のはじめ、広から大阪に出てきて小さな成功をした。そのあと、この故郷の氏神になにがしかの寄進をした。

その名残りが、境内の玉垣に残っている。昭和四十年ごろ、姫路へ行ったついでに、夜、広の天満宮に寄り、同行の友人が玉垣の列にむかってなにげなく懐中電灯をむけ、点灯したところ、ただ一度で「福田惣八」という名がうかびあがった。私における惣八についての視覚的イメージはそれだけである。ただ、丸顔で小柄だったこと、晩年は片脚をいつもひきずるようにして歩いていたこと、声が私にそっくりだったことなどは、父からきいていた。

かれは男の児にめぐまれず、二人の娘しかいなかった。

粋《すい》という長女に養子をとって稼業をつがせ、小ぜんという次女に婿をとって分家させた前後に、私の父親がうまれた。六十そこそこで死んだ惣八にとって、晩年に得た男児だった。大よろこびして、

「この子は、学校にはやらさんぞ」

といったという。かれは、長女も、また養子とのあいだにうまれた娘も、世の慣習にしたがって学校へ入れたのだが、その理由は女の子だから、ということだった。

かれの中に、少年期にペリーがきた衝撃がそのままのこっていて、はげしい攘夷主義者だった。時計とこうもり傘のほかは西洋のものは身につけないというのが自慢で、西郷隆盛という、ほとんどその名と伝説が流動体のように全国にひろがった英雄の崇拝者でもあった。

惣八は、西郷を革命者としてとらえていたのではなかった。西洋文明の輸入と伝播の装置になってしまった東京政府の反対者であり、その城山における最期が、反西洋の殉教者としての死だったと信じていた。

実体としての西郷は、輪郭や内容のさだかでない巨大な情念をもつひとではあったが、西洋の文物についての感受性は複雑で、むしろハイカラ好みの面もあった。たとえば、時計がすきだった。かれが、頑質な儒教的保守主義者とみられたのは、世間に、薩摩の藩父である島津久光の性行とかさなってのことだったのだろう。

余談だが、明治後、薩摩に隠棲した西郷は、よく知られているように多くの

犬を飼い、猟にあけくれていた。そのうち、洋服を着た人間に会うと吠える癖の犬がいた。諧謔家だった西郷は、その犬に、

「攘夷家」

と名づけて、からかったり、楽しんだりした。惣八は吠えこそしなかったがそれに似ていて、小学校や中学校を西洋のものであるとして憎んでいた。

惣八は、気質的には、自分が属しているものに自己同一化《アイデンティファイ》しすぎる気質群に属していた。かれは門徒だったが、つねづね、

「西本願寺はいいが、東本願寺はつまらん」

と、まことに無意味な選別をしていた。

かれの遠い先祖は、戦国末期、織田信長の勢力が播州を併呑《へいどん》しようとしたとき、広の近くの英賀《あが》城に籠城したひとびとの一人であった。英賀城は、姫路付近の本願寺の大坊《たいぼう》である亀山の本徳寺を味方にひき入れ、士民ことごとく本願寺門徒になって戦った。

落城後、英賀近くの広に帰農したのだが、関ヶ原のあと、家康の政策で本願寺は東西にわかれた。亀山の本徳寺は西本願寺別院になり、末寺だけを支配して、直門《じき》徒をとらなくなった。惣八の先祖は、右のような事情で、江戸初期、心ならずも近所の東本願寺末寺である西福寺に宗門帳をあずかってもらうことになった。このため、西福寺の過去帳には「本徳寺よりのあづかり門徒」ということになっている。

親鸞の著作である『教行信証《きょうぎょうしんしょう》』のうち「行」の巻にある六十行百二十句の偈文《げぶん》は、それだけを独立させてとなえる場合、『正信偈《しょうしんげ》』とよばれる。『正信偈』は、在家の家々でもとなえた。東本願寺の場合、本願寺から独立したとき、本家（西本願寺）とのちがいを立てるためか、『正信偈』も『阿弥陀経』も、節《ふし》を変えた。坂東節《ばんどうぶし》とよばれるやや勇壮なふしであったが、惣八の先祖たちはこの節をきらった。西福寺さんがお逮夜《たいや》のたびに坂東節でお経をあげてくださるのに、それを異とし、代々自宅では西本願寺流でお経をとなえてきた。

大阪に出た惣八はやがて子を儲け、老いて長女の家に孫娘ができたとき、その幼女をつれてよく御堂《みどう》さんに遊びに行った。御堂筋には、東西両本願寺の大阪別院がそれぞれならんでいるが、東本願寺のほうには、境内の土さえ踏まなかった。

かれは明治維新後の通称「断髪令」にもしたがわず、総髪にしてまげを結び、三十余年、それでくらした。バルチック艦隊が対馬沖で沈んだとき、やっとまげを切った。ペリーの艦隊とバルチック艦隊とが、イメージとしてかさなったものだったにちがいない。

かれは、自分の息子に、是定という宋元音《そうげんおん》の僧侶名をつけた。それとは関係がないと思うが、極端な偏食家で、肉食をしなかった。魚をたべず、かつおのだしさえ口にしなかった。このため血管が早くから老化し、五十代で軽い卒中をおこし、死因もそうで、堂島の米相場の会所で脳出血してたおれた。素人相場師だったが、ほとんど当ったことがなく、皮肉なことに、脳出血で即死したとき、はじめてといっていいほど、当てたそうである。

こういう偏見家に溺愛された私の父親こそ迷惑だったとおもわれる。

かれは小学校に就学させてもらえなかった。漢文の初歩と和算は惣八が教え、ついで「士族　松平某」という表札の出た家に通わせて四書五経と『日本政記』を習わせ、さらに、道修町《どしょうまち》の何某の家に通わせてドイツ語を学ばせた。ドイツは西洋でも別趣だと思っていたのだろうか。

そういうふうにして、小学生の年齢がおわるころ、惣八は死んだ。このため、父親は小学卒業免状がないために、中学へあがれなかった。

惣八の死後、父親は長姉のかかりうどになった。独立するためには、無資格で受験できる国家試験の受験をめざさざるをえず、このため、北浜の緒方病院の薬局に無給書生としてつとめさせてもらう一方、道修《どうしゅう》薬学校という、現在の大阪薬科大学の前身の私塾に通った。

つらかったろうと思うが、私は子供のころ、学校がきらいなあまり、惣八が学校を夷狄《いてき》視したという部分だけが共感でき、教室でじっとすわっていなくてもよかった父親の少年時代に羨望を感じた。

そういう私に、父親のほうは失望していた。小学校の一年生のときの算術の試験が三〇点で、その答案をもって帰って見せたときの暗い表情をいまでもおぼえている。

開平・開立という代数の初歩は中学一年生のころに習ったとおもうのだが、いまでも何のことやらわからない。当時、思いあまって、その宿題を父親に教わろうとした。父親は問題をじっと見つめていたが、やがてソロバンをもちだし、答えを出して、

「答えは、こうやけど」

と、気弱く笑った。

かれは、惣八から譲られた関孝和流の和算でやったわけだが、代数には代数のプロセスがあるはずで、答えだけ出てもどうにもならない。このとき、はじ

めて父親に異邦人を感じた。

「むかしは、こうやった」

と、父親としては、そういわざるをえなかったのだろう。しかしむかしといっても、けたが大きすぎる。惣八が少年期を送った播州の江戸末期のことなのである。そのころ、姫路周辺では和算が大流行していて、奉納仕合まであった。あるとき、「京の三条大橋の円周率を出せ」という設問が宮本という和算家から出て、惣八がそれを解き、前記の広の天満宮に「算額」をあげた。惣八にとって、生涯、誇りにした語り草だった。

父親は、学校という子供の社交の場を経なかったせいか、人に対して猜疑ぶかく、また極端に気おくれのするたちだった。それに、体操ができなかった。晩年、運動をすすめても、単に歩くという動作さえ、ぎこちなく、終日うつむいて本ばかり読んでいた。友人は一人か二人あったが、それとのあいだの調和の仕方もうまくゆかず、先方の寛容によって関係が持続していたような格好だった。

そういう父親のことを考えると、学校制度というのはあったほうがいいと思うのだが、個人としてはごめんである。もし文学学校というものに入らねば作家になれないとしたら、むろん私はこういうしごとはしていない。

ただ学校は徒手体操を教えてくれた。このおかげで運動不足をおぎなっている。

# 街の恩

学校の途中で兵隊にとられたために、私などには、実質、青春といえるほどのものはなかった。

敗戦後、しばらく家でごろごろしていた。学校にもどろうにも、仮卒業が自動的に本卒業になってしまっていたからもどるわけにもいかず、就職しようにも都市は焼けていて、瓦礫の原だった。生産が回復していないばかりか、どの会社も、復員してくる社員をうけ容れるのが精一杯で、新規に従業員を採ろうというような酔狂な会社は、まずなかった。

そのころ、焼けなかった京都が、戦前の都市の体裁をそなえた唯一のまちだった。夜、新京極を歩けば華やかに灯がともってむかしの繁華街そのものだったし、河原町通りの古書籍街は、いまよりも商品があふれていた。売り食いのために本を始末するひとが多かったためで、このため売り値もやすかった。とくに雑誌類の古本がやすく、ただ同様だったといっていい。世の中の価値観が黒から白に転換して、敗戦以前など無価値どころか、思いだしたくもないという気分が、世間をおおっていた。

歴史は、それを考えるよりも以前に、遠い世の空気をできるだけ正確に感じることが大切なのだが、そういう意味でいえば、当時二十三、四歳だったわたしの感受性では、戦後は敗戦というより革命という感じだった（もっとも、私は革命を経験していないから、軽々にこのことばを使いにくい。たとえば、内外蒙古の牧畜民にとって辛亥《しんがい》革命――一九一一年――のとき、漢民族のいう「ガミン」とは、群盗という語感だった。革命の名をかりて徒党を組み、物品を強奪する漢民族が多く、すでに蒙古人たちは漢民族の高利貸のために馬や羊をうばわれ、草原の乞食のようになっていたときで、ガミンのためにわずかに残った家畜まで奪われたりした。孫文の語感での革命とはちがうのである)。

ともかく旧時代はすべて悪だったし、職場でも酒の座でも、人をやっつけるときは「反動」ということば一つで十分だった。また大学・会社での戦時協力者は追放され、たれもが空き腹の上に熱発したように、民主主義と平和を口にして歩いていた。

そういう世の中の波風も、大阪から京都までくると、どこかゆるやかだった。このことは、街が焼けず、暮らしが持続しているということと不離であったはずである。ただ、さきにふれたように、敗戦以前に刊行された古書籍の暴落ばかりは、古本屋の多いまちだけに、大阪よりもめだった。ある書店には、歩道にはみだすようなスペースをとって、昭和初年から敗戦までの「中央公論」と「改造」のバックナンバーがうず高く積まれていた。それらは昼食代程度で買うことができた。

若さというものは、奇妙なものだった。自分が属している時代の風俗は、ひびくようにわかるのに、自分が育ってきた時代についてはたれもが無知なものらしい。私自身がうまれた大正デモクラシーの時代も、その後の動乱期も、すべて両親の世代が体験した時間で、それを追獲得するには、活字によるしかなかった。

このバックナンバーのおかげで、私はいわゆる〝満州事変〟の勃発（昭和六年）も、「大言海」の出版（昭和七年）も、滝川事件（昭和八年）も、大本教弾圧（昭和十年）も青年将校の暴発（昭和十一年）も、すべてその時代の言語によって知った。昭和六、七年までの文章は、とくに眉にツバをつけつづけねばならぬほどのものではなかった。また大本教弾圧については、三段組みながら、大宅壮一という無名（?）の若い筆者が、ほとんどアナーキーといっていい自由さで書いているのが、あざやかな印象をうけた。

この前後に、私は京都詰めの新聞記者になった。早々のころ、滝川幸辰《ゆきとき》教授に会った。

滝川さんは、いわば官から勘当をうけていたのだが、戦後、京大法学部に復帰した。古雑誌のおかげで、昭和八年の滝川事件を知っていたから、印象がひときわ濃かった。滝川さんの思想的体質は、意外なほど保守的だった。戦後の〝進歩的〟空気からみれば「右」といっていいひとだった。ご自身、

「ぼくはつねにまともであるつもりだ」

とおっしゃっていたが、滝川さんのような人を〝赤化教授〟として大学から追った昭和八年という空気がどういうものであったかを思い合わせると、深刻な感慨をもった。

昭和八年当時、滝川教授を罷免した文部省に対し、各大学の学生がストライキで抗議をし、かつ京大法学部の教授以下副手にいたるまで三十九人が連袂《れんぺい》辞職した。滝川さん個人を守るのでなく、学問の自由をまもるためだった。

右とほぼ同時期、昭和八年に抗議辞職したひとたちのうちの末川博博士と親

しくしていただいたが、この末川さんに会ったとき、眉をひそめて、

「滝川くんはいかんよ、復職したりして。――」

と、非難された。滝川さんが復職したのはいけない、という。

滝川さんにすれば、十五年戦争が終了し、軍部帝国がつぶれ、敗戦のおかげでまともな近代国家になったために復帰したのだが、末川さんは、その復職は個人の節操としておかしい、という。歴史の変化に問題をすりかえて、かつて罷免された官学に復帰するというのはすじが通らない、進退は時代の問題ではなく個人の問題じゃないか、と言い、私は復帰しませんよ、といわれた。

局外の私にとって、どちらがどうということはできない。ともかくも二人の気骨に富む紳士のありかたをなまで見聞してじつに印象的だった。この印象に濃い陰翳をつけてくれたのは、あの当時の京都の河原町通りの古本屋街のおかげだったといえる。

私にとってのそのころの京都は、焼けていない――つまりは文化が継続して

いる——ということで、誇張ではなく、宝石のようにかがやいていた。大阪から六年間かよったが、毎日、京都駅に降りたつと、旅行者のような新鮮さで、駅前の建物や停留所や市電の景色を見た。言いかえれば、それほど、大阪という焼跡のまちは殺風景だった。

そのころの京都には、いまはないふしぎな活気があった。

六年間、京大の記者室に詰め、疲れると西本願寺の記者室へ行って息を入れた。当時の西本願寺には、昭和初年にまじめに資本論をかじった僧が何人かいて、戦後、マルクス主義がはやると、そういう世相に対し、本気で親鸞の思想と対決させるべく考えこんでいる人たちもいた。私自身、ついひきこまれて、たとえば清沢満之《まんし》の熱心な愛読者になってしまった。清沢満之は、明治初年、親鸞の思想をドイツ観念論哲学で分解しなおして再構成したひとである。素人にとって、原形的な親鸞よりも、清沢満之のほうがわかりやすく、その小さな窓を通してマルキシズムという大景観を見ればしばしば山河のはしばしが多少はわかるような錯覚をもつことができた。

大学も、兵隊帰りには退屈しない場所だった。人文科学系統の研究室にはいっさい近づかず、自然科学の研究室ばかりを訪ねた。そのほうが、記事になる発見や発明が多く、私には実利的だったのである。むろん専門のことなどわかるはずがなく、鰻屋の前で蒲焼のにおいをかいでいるだけのことだったが、ただ、人間はどう思考し、何をどう確めるべきかということについて、人文科学よりも単純明快にわかりやすいような気がした。

昭和二十四、五年ごろから学生運動が盛んになり、朝鮮事変のころは、構内にいるかぎり、あすにも革命がおこるかという気分を学生たちと共有することさえあった。しかしそとに出ると、ただのまちと暮らしがひろがっていて、瞬時に憑《つ》き狐がおちる思いがした。毎日それをくりかえしていると、共同幻想というもののおかしさまで味わうことができた。

それらは、昭和二十二、三年から、同二十七、八年までのことで、あとは大阪へ転任した。その時代の京都というまちからうけたさまざまのことは、いまもわすれがたい。

大阪から京都へは、冬は国鉄を利用し、春は京阪に乗り、秋は阪急に乗った。菜の花のころは、奈良の西大寺駅までゆき、当時奈良電とよばれていた電車に乗り換えて京都へ行った。物のない時代だったが、電車だけは活発にうごいていた。たいていの運転士は、復員者だった。

## 源と平の成立と影響

平安初期、天皇家の財政が困窮し、多くの皇子たちを養ってゆけなくなった。むろん皇子の困窮はこの時代にはじまったわけではなく、前時代にも、落魄者が多くいたらしい。

そういうことから、

「源《げん》」

という姓が創設された。弘仁五年（八一四年）嵯峨天皇のときで、多くの皇子皇女に「源」姓を持たせて臣籍にくだした。臣籍に入れば、官位にありつける機会も多いということだろう。

源は、訓読してミナモトともいう。天皇家に源を発する意味だともいい、また説によっては、中国の北魏（異民族王朝）のとき、世祖が、同民族の禿髪破《とくはつは》羌《きょう》という鮮卑人の家来に「源」という姓を下賜し、名を賀と称させたという故実（源賀は四〇七〜七九。北魏の重臣）からとったというが、考えすぎかもしれない。

右のように、八一四年に源姓が成立したということは、その後の日本人の社会意識にゆゆしい影響をもたらしたことをおもわざるをえない。

雑談ふうにのべる。

まず「源」が、中国ふうの一字姓だということである。中国では、二字姓は前記禿髪の例でもわかるように異民族出身である場合が多く、貴ばれない。ついでながら国名ですら中国内地の王朝は一字である。たとえば殷・周・趙・燕・秦・漢などといったふうで、これに対し蕃国《ばんこく》は二字にきまっている。たとえば、匈奴、柔然、康居、新羅、西夏、日本。……

源姓が創始された八一四年は、まだ遣唐使の時代である。遣唐大使は、巨勢《こせ》、土師《はじ》、吉備《きび》、阿倍、藤原、大伴、長岑《ながみね》といったように、二字の姓で、かれらのすべてがそうは思わなかったかもしれないが、長安の社交場で自分の姓を田舎くさいと感じるむきもあったのではないか。源姓が創始される十年前の八〇四年に出発した大使藤原葛野麻呂《ふじわらのかどのまろ》の場合、入唐《につとう》すると、公文書での自分の姓名を、

「藤賀能《とうがのう》」

とあらためたりした。

源姓は、名の様式まで変えた。源の下に、たとえば葛野麻呂とか入鹿《いるか》とか、今蝦夷《いまえみし》とかという日本固有の名前はつけにくいのである。

げんに、臣籍降下して源姓を名乗った最初の人物は、源信《みなもとのまこと》と源融《とおる》である。ゲンシンとかゲンユウなら、たとえ遣唐大使を命ぜられても、長安の人士から違和感をもって見られずにすむ。

ついで、源の成立から十一年後の八二五年、桓武天皇は葛原《かつらばら》親王の子を臣籍にくだし、はじめて「平《へい》」という姓をおこさせた。初代は平高棟《たいらのたかむね》である。音《おん》でよめば、唐人の姓名になりうる。姓にひきずられて名前まで入鹿や今蝦夷、葛野麻呂の時代がおわって、新様式がおこり、たとえば高棟と同時代の初期平氏一族の名が高望《たかもち》、知信《とものぶ》、良兼、良文といった中国風の名になったことは見のがせない。二字の漢字をならべて、漢字としても意味をもたせつつ、わざわざ訓よみするというこの命名法は、こんにちにいたるまで生きつづけているのである。

その後、源・平は、ふんだんに創られた。

源氏の場合、最初の嵯峨源氏をふくめ、淳和《じゆんな》、仁明、文徳、清和《せいわ》、村上、宇多、陽成《ようぜい》、醍醐、花山《かざん》というように十人の天皇の枝脈《しみやく》が大量に源氏になった。

その多くは降下後数代で零細な存在になり、とくに清和源氏（初代は九六一年に成立）が地方に土着して武家化し、ついには後代、関東を制するにいたったことはよく知られている。

平氏は、桓武をふくめ、仁明、文徳、光孝の四人の天皇のわかれが賜姓された。関東で土着するのは桓武平氏で、平安末期には「坂東《ばんどう》八平氏」などとよばれた。それぞれが地名を名字《みようじ》にして、千葉、上総《かずさ》、三浦、大庭《おおば》、梶原、秩父《ちちぶ》、長田《おさだ》、土肥《どひ》の八氏を言い、かれらは坂東の「開発人《かいほつにん》」として武力を誇った。

平安末期の武装農場主が「武士」とよばれるようになるのだが、坂東八平氏などはまだ筋目がはっきりしているほうで、そうでない大小の実力者など、筋目などじつはあろうはずがない。

平安中期ごろには、公地公民をたてまえにする律令制はくずれつつあり、農民が「公田」の「公民」としてくらすのがつらく、多くが逃散《ちようさん》して浮浪人（当時の用語）となり、坂東をめざした。かれらは実力ある非合法農場主の支配に入り、家来になって土地をたがやし、合戦には雑兵としてあるじの供をした。そういう無名のあるじたちが、あらそって、源・平もしくは藤原氏を自称したのである。

「氏素姓はいかに」

と問われれば、

「平氏に候」

などと、平然といったりする。妻の遠縁の者がたまたま平氏であったというだけの理由で平氏を称する者もあり、平安末期ぐらいには、坂東だけでなく、奥州のはしから九州にいたるまで源平（これにわずかながら藤橘《とうきつ》が入る）のいずれかでない者はいなくなった。

京における公家政治がおわろうとするころになって、津々浦々に公家の末流と自称する者がみちみちたことになる。戯画的連想ながら、フランス革命でブルボン王朝をたおした民衆が、ことごとく自分こそブルボン家の末流だと合唱している図を想像してみるといい。

ひとつには、平安期の土地制度による。

この時代、たとえば坂東の野を拓《ひら》いて農場をつくっても、開発人の所有にはならなかった。京都の公家や社寺の所有にし、自分はその管理者というかたちで、平安末期の武士は成立したのである。京の公家たちが、もし気まぐれをおこして、

「その土地はお前に差配させぬ」

といえば、それっきりという不安定さであった。これによって、地方の武士たちは京にのぼって有力な公家に奉公して、その機嫌をとった。

公家たちは、こういう無給の奉公人に、ほうびとして兵衛《ひょうえ》という下級の官職をくれてやった。明治後の軍隊の伍長ぐらいの職であろう。やがて日本の人名に「ナニ兵衛」というのが一般的になるが、もとはそういう事情による。

それでもなお不安だった。

京に、それら武士たちの所領安堵のための口利き人《にん》ができた。それが源頼朝の先祖たちのしごとだった。かれらは宮廷では公家ではなく、官人という程度の身分だったが、諸国の武士たちから「頼うだる人」としていわば主君《あるじ》同然の尊敬をうけていたために、公家からいやしまれつつも武力があった。

主として西国《さいごく》のほうは、平清盛の父祖たちがその口利き人になっていた。清盛の父の忠盛が、財力と武力をもちつつもいかに公家たちからいやしまれていたかということは『平家物語』の「殿上闇討《てんじょうのやみうち》」に活写されている。

平安期の末期に、諸国の武士たちがすべて都に「頼うだる人」を持ち、公家屋敷にも自前の奉公をしていたことを考えると、

「それがしは何国何荘《なにしょう》の住人、遠く清和源氏の流れを汲み」

という氏素姓が創作されざるをえなかった事情が、ごく平凡に理解されるはずである。結局、十万を越えたであろう〝公家の末裔〟が、兵衛佐《ひょうえのすけ》というひ

くい位階をもつ頼朝を擁し、武家政権をつくり、ほとんどが偽作された源平藤橘の家系を大切にしつつ、世々をへて明治維新にいたる。

このことから、平安末期に日本人が、この国がほぼ統一体である感覚をもっていたこと、鎌倉幕府が王朝を討滅しなかったこと、また栄誉的存在としての公家が、明治までのあらゆる政治的変動の中で生きのびえたことなども理解されうる。

こういう歴史的な成分は、とても原理などという高度な言葉をつかえないほどつまらないものである。しかしそういうものも見なければ、一国の歴史というものはわかりにくい。

# 役人道について

編集部註・本篇は口述をもとに加筆したものです。

## 官僚と腐敗

出典はわすれましたが、十九世紀のころに、ヨーロッパから東南アジアをまわってきて、やがて日本の長崎にくる一人のフランス青年が、嘆いたという話があります。神の恩恵の深いアジアに較べれば、ヨーロッパは本当に北寄りの地で、地味も肥えていない。そういう土地に神はわれわれを置いて、この怠け者たち――十九世紀のヨーロッパ人たちはアジア人を怠け者と考えていた――を恩恵深い土地に置いた。これは非常に不公平じゃないかというわけです。

福沢諭吉が悪名高き「脱亜論」を書きました。「脱亜論」の内容については私は福沢に面憎《つらにく》さを感じてすきではありません。

この人の文明観からみればアジアはとるに足らぬ世界だったかのようです。明治八年に書いた「亜細亜諸国との和戦は我栄辱に関するなきの説」でも、朝鮮をもって「亜細亜州中の一小野蛮国」として「其文明の有様は我日本に及ばざること遠しと云ふ可し。之と貿易して、利あるに非ず、之と通信して益あるに非ず、其学問取るに足らず、其兵力恐るるに足らず」というような始末で、他民族とその文化への尊敬という感触は感じられません。同論文では、中国についても「支那帝国は正に是欧米諸国人の田園なり。豈《あに》他人をして貴重なる田園を蹂躙せしむることあらんや」としています。福沢は、征韓論に反対する論者でありました。その反対の論拠は、他のアジアへの共感にあるのではなく、欧米諸国を挑発することになる、というところにありました。しかしながら、論文というのは、歴史のなかで不磨《ふま》というわけにはゆかないものです。福沢が経た、時代のなかでの感受性というものを考えてやってもいいかと思ったりします。この人が、幕末、ヨーロッパに行くとき、船が上海に寄港して、英国人が中国人に威張りかえっているのを見て、もうアジアはダメだと思う話があります。それで自分の息子は神父にしたいと思う。神父ならひっぱたかれないだろうというわけです。つまり幕末の尊王攘夷時代、彼は攘夷志士ではありませんが、そこを経てきた人として、アジアの滅亡はもう目の前に来ているという状況の中で青春を送った人ですから、中国の港で、漢学の世界の唐土ではなく、生のアジアを見てしまったことは衝撃であったに違いありません。その衝撃のなかでこの生のアジアの状況が、つまりひっぱたかれている状況が、やがて日本にくると思ってしまう。福沢のことですから、この場合にも、日本を救おうという志士的なところと、わしはさっさと——つまり子供を神父にするという形で——逃げるという、非常にドライなところ——福沢は当時の英国哲学の功利主義によりどころを求めていたのかもしれません——と、二つの面がありま す。

話が余談になりますけれども、官軍がもう江戸に迫っている慶応四年、福沢は江戸城で外国方の役人を勤めています。但馬《たじま》の出石《いずし》藩の出身で、洋学者として幕臣に取り立てられ、後に東京大学の開創のころの〝綜理〟になった加藤弘之という人が、まだ慶喜が江戸城におりましたとき、上下《かみしも》をつけて廊下をどんどん歩いて、徹底抗戦の陳情に行こうとする。〝加藤さん、血相を変えてどこへいらっしゃいます〟ときいて、徹底抗戦の一件を知ると、とんでもない、そういうことなら私はさっさと逃げますと言った人ですから、自分の息子を神父にするという話は、福沢さんの思想からいえば、不自然でなく符合します。「脱亜論」はそういう歴史と個人の感覚の流れのなかで息づいているものだということを見てやる必要がないではありません。

それから、かつての中国的なアジアを成立させている原理は、いうまでもなく儒教でありました。儒教はファミリーの秩序をもって最高の価値にします。一村には、父もおれば、叔父もおれば、祖父もおれば、遠縁の年長者もいるということで、そこから一人官吏が出れば、その人たちの縁族の面倒をみんな見なければならない。一村は、科挙の試験に青年が一人通ると、もう大騒ぎするぐらいのお祭りになります。それでもう一村は潤うんです。ほかにも、もっと潤う人々がたくさんいて、汚職というのは、これは約束されたものです。それをしない官吏というものは、たいていはうまくいかずに没落している。それは非難を受けるからでしょう。清官が地方官としてやってくると、みんな土地の人が顔を顰《しか》める。つまり、中国の清朝末期までの行政組織というのは、一種の、群がって食べるための生物的な組織、とでもいうべきもので、人民にとって王朝こそ敵でありました。王朝の目的はごく単純で、人民を搾取するためにありました。中央から官吏が幕僚を連れてきます。幕僚は、官吏が勝手に採用した高級秘書です。土地には吏というものがいて、これはノン・キャリアで、ただ事情に明るいベテランです。それが官吏を担ぎ上げ、倉庫にはこれだけのものが入ってますとか、取り立てはこれだけのもので、あなたにはパーセンテージこれだけが懐に入る、とかを教えます。その間に彼らは自分の懐を肥やすわけで、そういう人たちがおって、その町はみんなめしを食っているし、商業機構も動いているし、職人もそうやって動いている。ですから清官がくると、町の経済は成り立たなくなるわけで、そういうことが古いアジアというものでした。

## アジアの巨大な病巣

私は子供のころから、アジアという歴史地理的空間に身を置いているという感じが好きでしたし、宮崎滔天《とうてん》のような生涯を送れればどんなにいいかという子供っぽい夢を持っていました。いまでも自分の可視範囲は、西はパミール高原か安南山脈までで、そこを西へ越えるとダメだと思っています。以下、ここでアジアというのは、そういうあたりのことです。

アジアの中心というのは、古くから文明をつくった中国にあるというのはいうまでもありません。ただし私自身は、その中国よりも、長城の外の遊牧世界のほうが好きでした。遊牧世界というのは文化的には一つの雄大な空っぽの天地です。そこから見ますと、中国の山河とか、人々というのは、わりあい私なりにはよく分かるわけです。だから中国への私の関心は、そういうブーメランみたいに一つ曲がって持っているように思います。

ですから、戦後俄かに日本のインテリが——日本のインテリというのはヨーロッパ志向だったわけですが——アジアというものを大事に思うようになってきたのは大変にありがたいと思っています。ただちょっと物足りないのは、アジアを観念化して、ときに論理の構成上、神聖な存在として規定されるところがないでもなかった、ということです。

アジアは神聖でも何でもなく、逆にひとつまちがえばおそろしい世界だということがいえます。

近代がヨーロッパからやってきたとき、アジア的状態というのはそれそのものが巨大な病巣のようなものだったことを思わざるをえません。近代以後のアジアにおける革新・革命運動は、みずからの中からアジア的なものを抜く運動であったともいえます。

一九一九年五月四日、北京に噴きおこった五・四運動は、痛烈なアジアからの脱却運動でした。マルクス主義運動が興る寸前の花火のように束の間のことながら近代的合理主義のはげしい運動があったのです。アジア的専制の基礎をなす家族制度をこわさねば中国は死骸になってしまうというものです。すべての悪をささえているものは儒教という奴隷道徳であるとされました。その後三十年経って成立する新中国のエネルギーにも社会主義によるアジア的なものからの脱却という重要な一面がありました。

逆に、侵略者の側は中国におけるやわらかい腹――アジア的なもの――の中にもぐりこむことによって政策をすすめました。十五年戦争時代の日本もそうですし、その後国民政府を後押ししたアメリカもそうでした。アメリカはその後、ヴェトナムに対してもそれをやり、サイゴンにチュー政権というまったく前時代的なアジア的体質をもった政権をつくりました。アジア人が近代にむかおうとするとき、自らのアジア的なものを脱却したいという強烈な政治的本能をもつということをアメリカは知らなかったのです。私はイランのことはよくわかりませんが、アメリカは物質文明が近代であると考え、それを与えることでアジア人を懐柔しようとしたことはまちがっていました。物質文明を与える場合、もっともアジア的な政権（イランの場合ではパーレビ国王）に与えるという失敗をおかしました。かつての日本が、大正時代、寺内内閣が中国の古くさい軍閥の親方の段祺瑞《だんきずい》（一八六五〜一九三六）という不人気な人物に工作し、借款五億円をあたえ、また昭和になってからは、清王朝の末裔の溥儀《ふぎ》氏を皇帝にして満州国をつくって中国のアジア的体質と握手し、それを温存させようとした戯画のようなやり方と酷似しています。福沢の論旨とはちがうとはいえ、その論文の題を借りると、アジアで学生や知識人、民衆にうけるものは〝脱亜論〟であることを知らなかったのです。朝鮮の現代史において李承晩政権が失陥するのもそれであり、朴正煕政権も多分にアジア的であるということで不人気でした。その後に出現した新政権が、政治・行政のなかからアジア的な古怪な汚職体制から脱却しようとしていることで人気を得ているらしいことが、ほのかに感じられます。

## 長州藩における平等の忠誠心

日本の近世封建社会は、アジアの中では毛色が変っていました。江戸封建制の特徴のひとつは、藩主の自然人としての権威・権力が、時代がくだるに従って抽象化してゆくということだと思います。まだ江戸初期には、藩主の自然人としての威力が多少ありました。その人物が死ぬと殉死ということもあり、また殉死を禁ずる禁制も出されたりして、藩主に対する個人的な忠誠心というものがありましたが、江戸中期以後になりますと、諸藩とも多分に法人化してゆきます。中期以後の藩は、法人としてとらえたほうが、事象としてわかりやすいように思われます。

たとえば、幕末の長州藩など、まったく法人で、藩主は象徴的な存在でした。「長州藩士」（長州藩でなくてもいいのですが）という言い方そのものが法人的で、たれも「毛利大膳大夫家来」とは名乗りません。これが、そのかみの元禄忠臣蔵のなかで「浅野内匠頭家来大石内蔵助」と名乗った時代からみれば、幕藩体制の組織感覚が、その間に質的変化したことを思わせます。

忠臣蔵でいいますと、寺坂吉右衛門は足軽でした。侍身分の仲間では人《にん》として認められず、さらには一同のように切腹する名誉も持ちませんでした。ところが、同じ身分の者が、幕末になると、長州藩士伊藤俊輔になり、同山県狂介になって、ときに藩を代表して他藩の者と交渉します。「藩」というものの質が、すくなくとも長州藩においては変ってしまっているとしか思えません。また毛利大膳大夫は、君臨すれども統治せずという、明快な一つの解釈の上に坐ってて、藩士たちも、長州藩は大事だけれども、自然人である藩主は、老病生死がありますから、取っ替えがきくと思っているふしがあまた見られます。

非常に極端な例として、長州藩主で巷間「そうせい公」といわれていた毛利敬親《たかちか》が、明治後、別の旧大名に、なぜあなたは藩論が佐幕になれば佐幕に乗っかり、藩論が勤王になれば勤王の上に乗っかったのか、と聞かれた時に敬親さんは、ああしなければ殺されておりましたろう、と答えています。繰りかえすようですが、忠誠心が、変化していたのです。自然人である毛利敬親に対する忠誠心がきわめて淡いものになり、転じて藩への忠誠心になっていた状況下では、身分制の感覚も稀薄になり、足軽といえども長州藩のためにということで平等の忠誠心をもつことができる気分になっていました。桂小五郎（木戸孝允《たかよし》）は堂々たる士分でありましたが、元来、足軽身分とも言いがたかった時期の伊藤俊輔に対し「君と僕とは対等である」として上下の礼（これはうるさいものでした）をとる必要がない、といっています。このことは同志ということが強烈なものになったということもありますが、藩が法人化してしまったということの証左でもありましょう。

そういう長州を成立させたのは、多少の特殊事情があるにしても、ごく一般的な江戸時代の社会の進み方にもよっています。大きな商家でも似たような現象がおこっていました。幕末における鴻池、住友、三井などは運営の責任を支配人がとり、当主は多分に象徴的な存在になっていました。中規模の商家にもそういう形態が多く、そういうことが明治の資本主義にふかくかかわってゆくと思います。

## 「アジア離れ」と汚職の追放

どうも、雑談ですから、話がとびとびになっていけませんが、東南アジアあたりの華僑の資本主義というのは、右のようなふわふわしたものではなさそうですね。

あくまでも一族支配で、なまなましいほどの金利計算の思想の上に成立しているように思われます。だからどうしても投機と商業が中心です。たとえばヴェトナムにおけるかつての華僑は主として米相場をやることによってふくらみ、そういう形でヴェトナムの農民に対し経済的に支配していました。そこへ民族国家が興ってしまった。その新国家という〝公〟に調和することができず、国家の外へはみ出さざるを得ませんでした。新国家は、いろんな問題をもっているとはいえ、社会主義という形で自らのアジア的なものを抜きたいというのが初期の気分だったはずですから、古いアジア的な華僑思想というものと相容れなかったという見方もできます。それからタイにもマレーシアにもいろんな問題を残している華僑がいます。

東南アジア華僑は、旧中国の大商人・大地主と同様、儒教的な家族秩序の上に資本主義を成立させています。さらにはその活動は商業と相場操作と金融ですから、工業という、金利を度外視して遠い将来に果実を想定するような思想をもちませんでした。そういう金を寝かせるくらいなら、金が金を生むほうがよい。そういうことで華僑はずっと来たものですから、新中国の助けにはあまりなっていません。新中国が技術立国を目指すときに、華僑の技術を導入できるという状態なら、中国にとって非常に幸福だったろうと思うのですけれども、そういう具合にはゆきませんでした。アジアの発展途上国にとっても華僑資本は公に奉仕するという思想が未熟であるために今後も、華僑自身が、いかに聖人君子のような人達であっても、存在としてむずかしい問題をおこしてゆくだろうと思います。以上は、華僑論でもなく、華僑の悪口でも決してありません。私は、華僑が好きなのです。しかし旧植民地で、民族的な国家が興るとき、華僑が古いアジアの大きな部分として残りがちだという観点からそれを見たかっただけのことです（さらにいえば、日本の商社が東南アジアにおいて華僑と手を握りがちだということもおもしろいですね。華僑が、商道徳において世界に冠たるものがあり、さらにはビジネスの相手として能力が高いということもあるのですが、結局は古いアジアと手を握っていることになります。まことに伝統的なことで、空おそろしい思いがしないでもありません。日本の資本が、真に明日のアジア像にめざめてくれて、華僑と一緒に体質をあたらしいものにして行ってくれるといいのですが）。

シンガポールの場合は、李光耀《リクワンユー》という首相が、徹頭徹尾華僑離れすることによって、つまりこれを立国の方針にしました。李光耀さんは客家《ハッカ》の出だそうで、中国的な家族主義という拘束から見ればやや身の軽いグループの出身ですし、また若いころ英国に留学したということで、アジアについて、非アジア的なもの（多分に抽象的な像かもしれません）を仮説してアジアでもヨーロッパでもない社会を想定して独自の政治思想をもつという立場をとっています。かれは徹底的に工業立国、近代化をはかって、汚職の追放をやり、それは成功しました。彼自身の両親は首相の権力の外におって暮らしているそうです。要するに、彼は一所懸命アジア離れしようとしているということです。

何にしても、官僚組織を作れば平然と汚職をする。それはいわゆるアジア的な家族主義で、自分が太ればいいというところがあります。そういうものを、李光耀さんは断ち切ったわけで、華僑国家でありながら、彼の最も対決すべき敵は華僑だといわれています。だから華僑の拠り所である南洋大学を彼は取り潰したりしました。李光耀における〝脱亜〟主義というべきものでしょう。

## 日本の厳格な役人道

話がちらばってしまうような気がしますが、いますこし日本の場合にふれます。

日本の場合は、江戸中期にはもう中国とはちがう官吏道が出来上がったわけです。現在の日本の国家・社会・文化の祖形は、鎌倉時代にあるような気がします。そのことでいえば、日本の官吏の祖は、鎌倉幕府の事務官だった大江広元（一一四八〜一二二五）とか、青砥《あおと》藤綱（生歿年不詳）だったでしょう。かれらは中国風の儒教的政治家ではなく、日本的な法治主義者だったといえます。

さらにいうと、両人とも私腹を肥やすということからおよそ程遠い人達でした。江戸幕藩体制の役人というものも、理想像としては、ほぼ大江・青砥の型であったろうと思います。

江戸期の役人にも、汚職というものがありました。しかしこんにちの政治家がやるような構造的なものではありません。

江戸時代の日本の基本的性格はいうまでもなく米穀経済です。しかし幕府開創早々に、幕藩体制にしたときにすでに貨幣経済が大いに興り、幕府もこれを許容しました。朝鮮の李朝がそれを許さなかったのとを対照しておもうべきだと思います。貨幣経済が米穀経済の基盤を食いあらし、米穀——農村——をもって立脚している幕府・大名は時代が下れば下るほど貧乏していくわけですが、やがて彼ら自身——とくに諸藩——は産業を取り入れようとしてゆきます。その巨大な矛盾のなかで、諸藩に立て直し屋というのが活躍するようになります。

大野九郎兵衛なんていうのはじつは立て直し屋なんです。かれは「元禄忠臣蔵」の中で一番だらしない家老として知られていますけど、あの人は世臣ではありません。ですから彼は財政の立て直し屋として、殖産興業の専門家として、雇われたわけです。ですから騒動があったときに、一藩をまとめる精神の拠り所になるためにいたわけではないので、逃げたわけです。

だいたいそういう類いの人はみんな評判が悪かったのです。幕藩体制の矛盾のほころびを縫う役ですから、それはたいてい町人の資本と結びつくので、懐にお金を入れたりすることが多い。諸藩ともお家騒動が起こって、この連中に対するやっかみと、反発と、それから農本主義的な古いエネルギーが忠誠心の形をとって、このお家の奸物を退治するということになります。いまのテレビでもそうだろうと思いますが、悪役はだいたい経済官僚です。テレビは、江戸時代の諸騒動における伝承どおり――その伝承の価値観どおり――農本主義者の立場をとっているわけで、なにかばかばかしい感じがしないでもありません。

そういう存在の大規模な者が田沼意次《おきつぐ》でしょう。彼はもともと紀州の藩士で、本来的な幕臣ではなかったわけですが、紆余曲折を経て幕閣で立身し、大きな権力を握ります。それで歴世の幕府の政治家としてはきわめてめずらしく貨幣経済を容認し、殖産興業をおこす立場を取りました（殖産興業については諸藩は熱心でしたが、幕府はわりあいおっとりしていたのです）。そういう経済的な経綸能力があった人間ですから、いろんな問題に、お金が絡んできました。それで田沼の悪口は非常に言われたものなんです。田沼を追っ払って、次に幕閣――老中の首座につくのが松平定信です。この人はさっき言った農本主義的な、清純な、あるいはブッキッシュな儒教主義者で、古典的教養しかない人ですから、政治家としてはまったく無能でした。かれが否定した前時代の田沼意次は、大きな経費で間宮林蔵その他を蝦夷地に派遣して、文化行政をはじめその他も本土並みにする。アイヌも本土の百姓身分にするということをやり、さらには千島樺太を調査させている。その連中も、松平定信は全部田沼派として牢に入れたりするのですから、その北方経営の方針も定信によって一頓挫してしまいます。

田沼時代の評判のわるさは、かれが諸大名から賄賂として金品をとったということにあります。しかしこんにちの日本のような巨大な金権主義的なものではありません。諸大名が、大きな金で田沼を買収したという華々しいことではなさそうです。しかし、その程度のことで、田沼はいまだに汚職の代表者のようなイメージが継続されているほど、江戸期の日本では異例な存在だったわけです。

私は、『世に棲む日日』という小説で長州藩のことを書きましたが、長州というところでは、吉田松陰が八十石ほどの杉家に生れて、同じ石高の吉田家に養子に行く。これは養籍を継ぐわけで、養父母がいるわけではない。八十石ぐらいですと、秀才なら郡奉行までいけるわけです。ですから吉田松陰の初等教育は実父がやって、中等教育を叔父の玉木文之進がやる。その間、玉木文之進のファナティックなほどの教育は、公人であるべく仕立てていくことです。田圃で、玉木文之進は一畝《うね》耕したら戻ってきて、畦《あぜ》で本を読んでいる吉田寅次郎に、分からんことがあるか、これこれが分からない、それはこうだと言って、また一畝耕しに行くわけです。その間に、本を読みながら、寅次郎が、ハエがとまったので頬っぺたを掻いた。それで死ぬほど殴られ、ついには土手の下に転げ落ちてしまう。玉木文之進によれば聖賢の書を読むのは官吏になるためである、その精神の仕度をしておるのに、そのときにハエがとまったからといって、痒いから掻くというのは私的行為で、それをいま許しておけば、そういう〝私〟が心の中に拡がって、郡吏になったとき、どういうことをするか分からん、ということでした。文之進もまた郡の役人をした人です。かれの思想から、もうすでに極端なまでに厳格な役人道が行なわれるまでになっていることがわかります。

## 薩摩藩の場合

ですから役人道というものは、江戸期にはもう確立していました。明治政府は、その役人道を相続した形です。明治の資本主義というのは、江戸期のそういうモラルを相続したおかげでできあがったといえます。明治政権は、釜石に製鉄所を作るとか、あるいは九州に製鉄所を作るとかいうことをし、そのため大きな金を寝かしましたが、それを管理する役人たちに、一人としてそれを食った者がいなかったことが、明治日本という国家・社会をアジアの一角で展開できたほとんど唯一の基礎的要件だったといえます。明治にも汚職事件はすこしありました。つねに井上馨が中心でした。かれは公の持ち物と自分の持ち物が分からない、天性汚職の人です。やっぱり一種の特異人だったと思います。彼がいるから、全部が汚職したというわけではなくて、彼はあくまで特異な存在で、西郷の下野も、井上馨みたいなやつがいるからという気分が非常にあったようです。井上馨を三井の番頭さんと彼は呼んでいるくらいです。

西郷の場合は、さっきの農本主義の正義意識を濃厚にもっていましたから、太政官の会議中に、大隈重信が、異人さんと約束があるんで中座するのですが、異人さんとこの会議とどっちが大事かといって叱りつける。しかし、ちょっとむちゃくちゃなことを言ったのも、大隈が憎かったわけではなくて、財政官僚だった大隈に対するいかがわしい感じ方が西郷にはあったわけです。

旧薩摩藩で財政の立て直しをやった人に調所《ずしょ》笑左衛門がいます。調所というのは面白い名前で、図書《ずしょ》という姓の変化したものか、あるいは中国系の家系だったかもしれません。薩摩は藩士の筋目に中国系が多かったんです。貿易時代、鎖国以前に、坊ノ津に大きな貿易の中心があって、中国の商人があそこに屋敷を持っていました。鎖国になってうまくいかなくなったものですから、薩摩藩はそれらの貿易商人をわりあい数多く大小の藩士として抱えています。調所はそうなのかどうかわかりませんが、身分は初めは低くて、お茶坊主から上がりました。財政が極端に傾いたときに、立て直しの出来る者はいるかという一種の公募があったとき（ナショナリズムの強い薩摩のことですから、よそから大野九郎兵衛のような人を呼ぶわけにいかない）、調所が結局名乗って出ます。そして大坂に行って、大坂の鴻池その他大名貸しをしている町人たちに、借金のたな上げとか、いろんなことをやり、薩摩の物産を興したり、薩摩焼きを高い値段で売る道をつけたり奄美大島の人を奴隷的に砂糖黍《きび》栽培労働者にしてしまったり、琉球を介しての対中国密貿易をやったりして、財政の立て直しをした。

ところがおもしろいことに、これが請負制だったみたいです。

これだけ立て直したから何割もらうというぐあいに。そのとりぶんでもって、立て直しのための経費をまかなう。その残りは個人として取得していいわけで、調所は大変金持になりました。

調所が立て直しの仕事をしている間、アシスタントとして海老原という者が働いて、それもやっぱり請負で財産作ったようです。こうしたことは薩摩藩だけの習慣なのか、と思ったり、全国の諸藩はどうだったのか、よくわかりません。江戸期の諸藩の財政立て直し役人が、右の薩摩の例のように請負制だったかどうかについて、どなたか研究してくださるとありがたいと思いますね（政治の面で、請負というやり方が公認されるという伝統はふるくからあったようですが、財政面でのことになると、よくわからないのです）。

## 明治の役人の清潔さ

調所の立て直しが請負だったらしいということは、明治後の一現象から遡《そ》及《きゅう》して想像されるのです。調所の協力者の海老原の子か孫に穆《ぼく》という名の者がいて、これが明治初年、激越な保守家として、西郷びいき――というより西郷が反乱に立ちあがることを熱っぽく期待した人物でした。西郷が下野して東京を去ったあと、穆は東京に「評論新聞」を興して、そこに記者を集めて、新政府の悪口を薩摩に送りつける。勝手に買って出た西郷の東京駐在情報機関になります。西郷は、そういう情報を初め信じなかったようですが、穆はしまいには西洋館の何か官庁が一つ出来たのを大久保の屋敷だといったりして、嘘の情報を送る。

事実大久保は、外国人接待のために、自分の私邸を西洋館にしますが、非常に素朴な西洋館です。しかしもっと贅沢な建物写真を送りつける。これは「評論新聞」の仕事です。西郷がついに気分的に大久保離れをするのは、繰り返し送られてくる「評論新聞」の傾向的な情報によるところが大きかったと思います。

この海老原穆の使った金が、調所笑左衛門の立て直し時代のサブをやっていた海老原の、お祖父さんだったかお父さんの遺した金でした。だから相当な金でしょう。江戸期にはそういう請負というケースもありました。ありましたけれども、調所や海老原の所得は公然たるもので汚職とは言いがたいと思います。

江戸期の幕閣を構成していた老中・若年寄は、周知のことですが、譜代大名から選ばれます。中国の地方官に贈られる賄賂と違って、ご挨拶程度のものであるとはいえ、特に外様大名は、幕閣にはずいぶんいろんな心遣いをしたようです。譜代の小藩の主が老中・若年寄になるのですが、かといって、そうしたみいりで譜代の小藩が豊かになったという話は聞いたことがありません。むしろ逆の、うちの殿様は政治道楽で老中や若年寄になりたがるから、藩の金がかかって困るというほうが多かったようです。

一応ならして言えば、日本社会は一般アジアとは違う社会だったように思うのです。

明治の政治主導による資本主義が形を成したのは、汚職しなかったからだけです。金銭の関係のない明治の役人たちというのは、いまから考えても痛々しいほどに清潔でした。

そういうことからいいますと、いまの日本社会は、やはりアジアに還ってきつつあるように私には思えます。

かつての話ですが、台湾とか、韓国とかは、いろんな外交をするに当って、ロビィ外交を行なう。特に台湾の場合、国民党は、大陸にいたころから、アメリカにロビィを作った政権ですから、なかなかロビィ外交が上手なんです。蔣介石さんは、台湾に一つの政権を確立したときに、やはり日本にロビィを作りました。むろんそのあと韓国が日本にロビィイストのようなものを作る。そういうときに、よその国に入ってゆく日本政治家に何が起こるか。たとえば、韓国との行き帰りをするうちに、韓国が持っている古いアジア的な部分にまみれて帰ってきます。よその国を触る人は、たいていその国のいいところを持って帰らずに、その国の一番遅れた、どろどろした古いアジア的な部分にまみれて帰ってくる。ですから、自民党というものは非常にアジア的な体質（むろん自民党の中にはいい人もいるわけですけれども）にまみれています。特に中国人なんかは自民党の一部を、昔の中国のようだと囁いているといわれています。そのようにして、いまの日本は、政界を核にしてアジア還りしているとはいえないでしょうか。本卦還りといいたいのですが、過去に本卦があったかどうか。いまちょっと考えても、日本歴史の中で、先祖がえりするようなその先祖の時代が思い当らないのです。

織田信長の家来が汚職をしたかというと、いくら木下藤吉郎でも出来なかったでしょう。それから室町幕府は、これは曖昧ではっきりした政権ではありませんから、汚職などなかったでしょう。また、鎌倉幕府の成立のときに、大変うまい儲けをしたやつがいるという話は聞いたことがない。ですから、日本は他のアジアとは非常に違う社会の展開の仕方をしてきた。だからといって、ヨーロッパに似ているというのではありません。いわば大がかりな汚職のしにくい特殊社会を作り上げた、ということです。それから政権と馴れ合い、癒着が行なわれ、権力者との馴れ合いが行なわれることがあっても、決してそういう状態は長続きしない。そういう社会が日本でした。そういう社会であったのに、なぜ現在のような日本になったんだろう、やっぱり本質的にわれわれがアジア人だったからでしょうか。古代以来のいろんなアジア的なものを持ってるに違いないが、それが長い歴史の間で消え、ユニークな社会をつくりあげたこともあるけれども、それはやっぱり後天的なものなのでしょうか。やはり先天的にはアジアですから、まあええじゃないかというところがあったりするのでしょうか、このあたりはよくわかりません。

繰り返して言いますように、私は子供のときからアジアのことばかり頭にある人間なものですから、古いアジアのこまった面やおそろしい面について感じやすくなっているのではないかと思ったりします。

宮崎滔天が中国まで行かなくてはいけないと思って、誇大妄想になって出て行く。そのときは、古いアジア的体質の中で死にかけている中国の人民が気の毒だと思って行くわけでしょう。清潔な革命政権を作り上げたいと思って行くわけでしょう。それは一種彼自身の持っている素朴民権論の輸出です。明治が生んだ素朴民権論者というのは、地方の大小の庄屋階級や大百姓から出ているわけで、その人たちは、ほとんど身上《しんしょう》を潰してるわけです。熊本の荒尾という在所の宮崎家もそういう階級ですね。つまり、百姓にちょっと姓がついて郷士にしてもらった階級です。ですから彼は、いかにも民権論者が出そうな家筋に生れて、土地の者に対して、自分たちは奉仕しなきゃいけない、と考える。それをこんどは中国に持って行く。ところがいま宮崎滔天がいるとすれば、田中角栄さんの新潟県に行かなきゃいけない感じです。もっとも行ったところで、かつての旧中国のようにひとびとが古いアジアの中で呻吟しているのではなく、新潟県の場合、古いアジアのおかげでうるおっている人たちが多いかもしれませんが。

何か本卦還りしたんでしょうか。それとも、いまのアジアの中で、行き場を失った古いアジアが、どっと日本に上陸してきているのでしょうか。

## 江戸期の合理主義

私は、朝鮮、韓国には非常に関心の強い人間なんですが、ともかくも、朴政権のときに、韓国にあった古いアジアが、日本の岸信介氏らが日韓の橋（？）になったおかげで、こちらにやってきた部分もあるように思います。いまの全斗煥政権は、瓢簞《ひょうたん》から駒が出たようにして成立してきているわけで、外部から見れば駒の出方に非常に不自然な印象もあって、いかがわしく思っていました。ところが、シンガポールの李光耀さんみたいなことをやり出している。それはソウルの市民たちは知ってるようですね。もう汚職はすまい。閣僚たちは、何か物をもらったときは公開するとか、頼まれたときは、自分で処理せずに、他の閣僚たちにもオープンにしてしまう。そしてそれを利権の形にしないで、全部潰していくという格好でいるらしい。そうすると、韓国は、急速に、私が言っている意味の古いアジア離れをしつつあるということになります。

私は、日本がアジアの中で特異な社会をつくったというのは、室町以後と言いたいんですけれども、実際は江戸初期から江戸末期までに成立した。これは非常に精密な封建制と、それを支えた役人道とも言うべきもの、それから大変密度の細かい商品経済の発展——資本主義が、人間に物・事の質や量、個人の自由、合理主義を生んだといわれていますが、江戸期の緻密な商品経済社会も、これが日本人の合理主義的な認識能力を非常に高めたと思います。また日本人に古いアジア型の大家族主義をもたせず、さらにいえば日本的な規模における個人というものを成立させました。だから、いとこ、はとこまで来て、この資本を食べ尽くそうという儒教的なものからまぬがれていましたし、あるいは一たん取った権力が会社から付託された権力であろうが何であろうが独裁者のようにふるまって、ついには子供に相続させよう、という精神が日本的なものではなかったのです。それが明治以後の日本をうまく運営してきたと思います。

ところが、いまはそういう伝統のたががゆるんできたように思います。

## 薩摩藩士五十一人の自刃

現在の日本の汚職というのは構造化しています。役人も代議士や市会議員、県会議員も、アジア化している。

最近は公共の土木事業における談合が問題になっていますが、江戸時代の土木というのはたとえば宝暦の木曾川の治水工事は、江戸幕府が薩摩藩にただでやらせます、薩摩藩をほとんど疲弊さすまでにさせるわけでしょう。薩摩藩は、自領と何の関係もない濃尾平野の治水をやって、伊勢までにいたる三百余カ村をうるおすことになります。費用は全額薩摩藩負担で、予算は二十万両ほどだった。それが結果としては四十万両になり、藩に損害をかけたというので、総奉行平田靫負《ゆきえ》以下五十一人の藩士が工事がおわってから現場で切腹して死ぬ。

これが、江戸期の役人道でしたし、土木工事でした。

私の住んでいる河内の端くれは、読んで字のように、昔は河が流れ込んでいた場所です。南河内というのは、上田正昭教授たちが名づけたように、古代河内王朝のあったところです。あのあたりは乾いてたんですが、しかし、中河内と北河内、特に中河内はびしょびしょの地で、可耕地がすくなかったのです。大和国というのは高台になっていまして葛城連峰の裂け目から大和川がどっと河内に落ちていって、八岐大蛇《やまたのおろち》みたいに枝川になりまして、大阪湾に流れてたんです。それが氾濫のために遊水池を無数に作っている。だからほとんど耕作出来る場所はなくて、古代に河内の古墳なんかあったのは、山寄りか南河内なんです。河内は大和川を堺に落としてしまえば、干上がるという考えを起こしたのは、中河内郡東六郷村の篤農家中甚兵衛でした。家産を傾けて調査し、かつ幕府に陳情し、ついに一七〇四年に完成して大和川はこんにちのように堺に落ちます。これによってできた新田は八百八十町歩で、とくに潤ったのは小百姓でした。それまで次男、三男で、一生その家で厄介者のように暮らしていかなきゃならなかったのが、どこそこに分村して何カ村かを作る。ぼくがいま住んでいるところの村はそのころの分村です。

それは汚職の逆です。それをやった庄屋階級の一、二は、口碑《こうひ》として称えられてるだけで、別にそれが産をなしたとは聞いていない。江戸時代の大土木事業、公営土木事業というのは、そういうことばかりです。全部江戸的な小ブルジョアジーの犠牲によって出来上がっている。この富農階級は江戸後期には平田国学を共有して一種の平等主義と幕藩体制への穏和な批評者になり、明治以後はその階層から自由民権運動者を多く出します。旧中国の地主とくらべると、古いアジアを持ちあわせていなかったと思います。

さらに土木についていいますと、大坂城の築城については、よく分かりませんが、大名に手伝わせるんです。秀吉はあんまり金を出していないのではないでしょうか。

ただ、これは汚職と関係はありませんが、百姓たちは年から年中田圃やってるわけではありませんから、大坂城の手伝いに行ったほうが金になるんです。一日分の日当を米でもらえるんです。そのほうが割得なものですから、摂河泉から百姓たちがどっと集まる。だから大坂城築城は万里の長城や大墳墓を造るときのように、中国式に、人間を徴発してきて、臨時に農民を奴隷化するわけではないんです。そのへんのものが手間稼ぎに来て築いたわけです。石は誰々が運べとか、土は誰が運ぶとか、誰々は櫓《やぐら》を作るとかいう具合で、みんな手伝いでした。

公営土木事業が妖術めいたやり方で社会を金権体質にしはじめたのは、最近でしょう。

関ヶ原以後、長州の殿様が萩に城を造るときでも、大きな家老たちに割り当てるだけで、全部持ち出しでやらせるんです。その家老たちは、その分だけ稼ぎ出さなくてはいけないから、自分の領地から搾取はします。しかし、この場合、誰も儲かったわけじゃない。

萩はずっと毛利家のものだったんですが、普通は、たいていのお城は、大名の交替があります。福島正則は一所懸命広島城をこしらえて、そのあとに浅野家が行くんですから、家賃も買収費もいらないんです。広島城はそのまま浅野家のものになりますけれど、江戸時代を通じて何代も替わっているお城がたくさんあるでしょう。それは最初の大名が興したお城なんだけれども、次の大名がそのまま入って、官舎みたいになっているんです。そうすると、所有権はどうなっていたかということになるでしょう。むろん最初の大名は、転封されたときに所有権が消滅してはいますが、そういうことの繰り返しのために、城地というものは天下のものだという思想が出来たんです。

江戸城だって、諸大名の手伝いで出来たわけです。一番しっかりした石垣は加藤清正が造ったそうです。それもあるパートだけです。そういう具合で造ってる。

それで明治になると、徳川慶喜はいっさいの什器、宝物、兵器を置いたまま風呂敷包み一つで自分の実家の水戸へ帰って行く。そのあと天皇が入る。徳川家の財産を相続したという考えは、みな持ちません。要するに百姓を搾った金で出来上がったわけだから、江戸城もそうやって交替した。小さなお城なんてどうなんでしょうか。松山城などは、もともとは秀吉の部将の加藤嘉明が一所懸命造った名城です。市街地のちょっと丘の上にあります。石を運んだりいろいろ運んだりするのは、全部侍がやるんです。もちろん百姓もやるが、侍以下が畚《もっこ》を担ぐんです。それは高知城もそうだった。山内家が高知に入って、高知城を興すときも、百々《どど》越前という設計の上手な人が雇われてきて、設計をやって、山内家は身分の上下なしに畚を担ぐ。松山城の場合、加藤嘉明の奥さんが路上で景気づけのために握り飯作って働いている者にふるまう。

思いうかぶままにいいますと、前田利家は加賀の城を造りました。利家夫人はおまつさんといい、未亡人になってから芳春院と言われた人ですが、自分の亭主の利家さんはいい人だったけれども、癇癪持ちで、畚を担いでるときに、息子の担ぎ方が悪いと言って人前でも息子を怒鳴った。それは亭主の欠点であるといっている。ということは利家自身もその嫡子も、畚を担いでいたということでしょう。

だから、日本では私物から公共的なものに所有権が移行する形が、非常に江戸期は微妙です。とくにお城は大名の私物でなく公的なものだという思想が半熟ながら出来ていて、明治になりますと、明治政府はほうぼうの城を道に落ちているものを拾うように召し上げてしまう。兵部省のものにしたり、各自治体のものにしたりしていきます。個人の私物としてつづいたのは元東大文学部教授の成瀬さんの犬山城ぐらいのものかもしれませんね。成瀬さんのところは、尾張徳川家の付家老の家です。尾張の本藩の名古屋城はそのまま公的なものになるが、家老の城だから世間の目こぼしがあったのかもしれません。

明治になってから、中屋敷・下屋敷といった藩邸をよく召し上げますが、ほとんどただ同然でした。

明治初期の政府は、大名が国許にいては士族にかつがれて反乱の核になりかねないということで大名を東京に集中させました。やがて華族令を作って、かれらを西洋風に華族にした。大名を集中させたときに、どの大名も喜んだんです。つまり大名の個人経済というのは実に貧しいものだった。ほとんど藩士たちの石高や御扶持米になっていきますでしょう。それで自分の取り分の中から行政費が出ていくわけです。だから自分の本当に贅沢に使える金というのは、ないに等しい。それが東京に行ったときに、お上からまるまる自分が使える金というものをくれたものですから、こんないいことはないと、ほとんど全員が喜んだといわれます。それが明治政府の廃藩置県の秘密だったと思います。大名が喜び勇んで東京へ行って、華族様として食え、もう家来を養うことも、行政費を出すことも要らない。以上のように、江戸時代の大名というのはその程度のものでした。農奴を何千、何万と耕作地に載せてその地主だった帝政ロシアの大貴族——濃厚なアジア的な——存在とは違っていました。

だから非常に不思議な社会を、鎌倉幕府の成立以来八百年ほどかけて作った。つまり律令体制と縁を切って以来、不思議な社会を作って幕末に及ぶわけで、むろん明治期までそれが継承されるわけです。

いまのような公共土木事業における秘密談合制というような不埒なものは、日本の伝統にはありません。これはやっぱり近代以前のアジアに戻りつつあるんですね。

## 日本的な「公」というもの

話は変りますが、日本のいい会社はほとんど社長権を制約してるでしょう。社長権というのは行使しようと思ったら無制限にやれる。極端に言うと、おれの子供に継がせると急に言い出しても、おべっか重役ばかりだと、そうなるかもしれないでしょう。ところが会社は預かりものだと思ってるから、狭い権限内で、自分の出来る範囲内のことを可愛らしくしている。可愛らしくないやつを世間が叩くわけです。自分の中にある、自分が我慢してきた、日本歴史そのものが我慢してきたのに、あいつは何だという「公」の思想が無意識のうちに批判の基準にあるのです。この、日本歴史そのものが我慢してきたのだ、というほとんどフォークロアになってわれわれの中に溶けこんでいる〝日本的な公〟というものの信仰がわれわれから薄らげば、日本の社会はアジアのどの国よりも旧アジアになってしまうでしょう。

文春文庫

この国《くに》のかたち 六

定価はカバーに
表示してあります

2000年2月10日　第1刷

著　者　司《し》馬《ば》遼《りよう》太《た》郎《ろう》

発行者　白川浩司

発行所　株式会社 文藝春秋

東京都千代田区紀尾井町3—23　〒102-8008
TEL 03・3265・1211

落丁、乱丁本は、お手数ですが小社営業部宛お送り下さい。送料小社負担でお取替致します。

印刷・凸版印刷　製本・加藤製本

Printed in Japan

ISBN4-16-710585-3